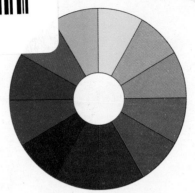

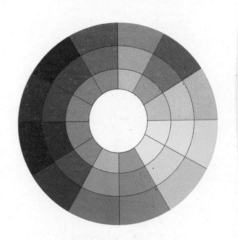

U0095606

彩图2-1　复色

彩图2-2　十二色相环

彩图2-3　开屏（互补色作品）

彩图2-4　色彩环

彩图2-5　相似色搭配

彩图2-6　檀香

彩图2-7　振翅（张扬）

彩图2-8　秀色（相似色作品）

彩图2-9　对比色搭配

彩图2-12　迎风起舞（张扬）

彩图2-13　同色不够集中

彩图2-14　冷色花材

彩图2-15 暖色花材　　　　　　彩图2-21 水平形插花

彩图4-7 半球形效果　　　　　　彩图4-13 扇面形效果

彩图4-20　水平形效果

彩图4-30　椭圆形效果

彩图4-34　三角形效果

彩图4-39　放射形效果

彩图4-42　圆面形效果

彩图4-45　倒T形效果

彩图4-50　L形效果

彩图4-54　S形效果

彩图4-58　月牙形效果

彩图4-63　平行形效果

彩图4-67　直立形效果

彩图4-75　圆锥形效果

彩图4-78　阶梯形效果

彩图4-81　斜下形效果

彩图4-87　飘逸形效果

彩图4-96　上散形效果

彩图4-107　舞袖形效果

彩图4-110　旋转形效果

彩图4-115　西方式插花-花材

彩图4-116　东方式插花-色彩

实用插花技巧

SHIYONG CHAHUA JIQIAO

冯莐 主编

化学工业出版社
·北京·

插花是装点日常生活的重要形式之一，也为众多花卉爱好者所喜爱。

全书从插花的基本知识开始，采用全图解的方式讲述了插花的基本技巧、基本步骤、创作基础和日常应用。每章附有思考题，供初学插花者巩固提高。书末的附录包含花卉常识，可以了解各种花卉知识。

本书可供插花员、初学插花者、插花爱好者、插花速成班学生、大专院校相关专业学生参考使用。

图书在版编目（CIP）数据

实用插花技巧/冯莛主编．—北京：化学工业出版社，2010.1

ISBN 978-7-122-07185-9

Ⅰ.实… Ⅱ.冯… Ⅲ.插花-装饰美术 Ⅳ.J525.1

中国版本图书馆CIP数据核字（2009）第215806号

责任编辑：袁海燕　　　　　　　　　装帧设计：周　遥
责任校对：陶燕华

出版发行：化学工业出版社（北京市东城区青年湖南街13号　邮政编码100011）
印　　装：化学工业出版社印刷厂
720mm×1000mm　1/16　印张7　彩插4　字数141千字　2010年4月北京第1版第1次印刷

购书咨询：010-64518888（传真：010-64519686）　售后服务：010-64518899
网　　址：http://www.cip.com.cn
凡购买本书，如有缺损质量问题，本社销售中心负责调换。

定　　价：25.00元　　　　　　　　　　　　　　　　版权所有　违者必究

《实用插花技巧》编写人员

主　　编：冯　莛

副主编：李金苹　李月华

编写人员：张　扬　何云湘　冯　莛　李金苹　李月华

前言
Foreword

　　热爱自然，喜欢花卉是人类的天性，插花活动的兴起显示出人们生活水平已经有了显著提高。期望本书能够使初学插花的读者有所收获。

　　本书由五章构成：

　　第一章插花概说，主要是介绍常用的花材、花器与工具。

　　第二章插花作品的色与形，主要讲述色彩常识、插花作品的色彩搭配和东西方以及现代插花的基本形状。

　　第三章插花的基本技巧，讲述花泥的使用技巧、瓶插的固定技巧以及整理花材、花泥包裹、卷曲叶材、遮挡花泥、花头固定、剑山使用等技巧。

　　第四章插花的基本步骤与创作基础，讲述了23种基本插花形状的插制步骤以及创作插花的基础常识。

　　第五章插花作品的日常应用，讲述了礼仪插花、节日插花、生活插花等内容。

　　本书编写的特点是：注重实际操作、基本步骤与技巧的讲解，并通过图片把各个环节尽可能地描述清楚。

　　编写分工如下：第一章的花序部分由张扬与何云湘共同编写；第五章中第一、二、三节由张扬编写；附录一、附录二、附录三、附录五、附录六及各章思考题和参考答案由何云湘编写；其余部分由冯纮编写。李金苹、李月华参加了相关编写工作。除署名的插花作品外，其余均为冯纮插制。本书拍摄工作由冯纮完成。

　　由于水平、能力有限，书中如有不妥之处，还请读者不吝指教。

《实用插花技巧》编写组

2009·8·24

目 录
Contents

第三章　插花的基本技巧 / 35

第四章　插花的基本步骤与创作基础 / 48

第五章　插花作品的日常应用 / 73

第一章　插花概说

插花是大众喜爱的审美实践活动，具有通俗性和高雅性，这种雅俗共赏的审美对象主要是由于插花基本元素本身就具有审美性。其实随便将一束花放在瓶内就会立刻使我们耳目一新，使自己的生活（见图1-1）、工作环境（见图1-2）充满了情趣与生机。

图1-1　居室插花装饰　　　　图1-2　环境插花装饰

插花是人类对美好生活追求的表现，人们期望通过插花展示自己的审美趣味和审美理想，如作品《海底恋情》（见图1-3）表现出作者对美好爱情的描述：成双成对的海螺，有的在前后追逐，有的在喃喃对语，还有一对绿螺，似乎是一对老年夫妻，静静地伏在海底，享受着大海的温馨；站在海石花上的那对爱情鸟，像一对热恋中的情人，正在倾诉衷肠……几粒小小的红豆掩映在绿叶丛中，轻轻点题——海底恋情。这样就使各种花材通过作者的艺术处理具有了人性化的审美意味，比直接放在瓶里的鲜花（见图1-4）更具有审美意境。这样的插花就是艺术插花，我们将插花艺术的概念定义为：插花艺术是指按照美的规律，以植物的根、茎、叶、花、果实、种子等为素材，通过构思设计，进行审美形象创造的艺术形式。

把花作为审美对象来品味、来欣赏是人类文明的一大进步，因为这标志着人类已不是单纯地追求丰衣足食，而在精神领域有了更高的追求与期盼。但要通过花材"进行审美形象创造"，就必须"按照美的规律"来创造。否则不仅不能创造美的形象，还会将美丽的花材丑化（见图1-5），这样插出来还不如将花材直接放在瓶内（见图1-6），保持原有的花材美态。本章将从最为基本的常识开始介绍，一步步迈入插花艺术的殿堂。

图1-3　海底恋情

图1-4　瓶中插花

图1-5　花材丑化

图1-6　花材直接放入瓶中

第一节　认识花材

花材有广义与狭义之分，广义的花材是指插花的所有材料；狭义的花材是指带有花朵的插花材料。

一、认识花序

花材中最主要的是植物花序部分，那何谓"花序"呢？花序，顾名思义，即是花在花轴上排列的方式、次序。世界上存在的植物有千千万万，花序也有不同的种类。

花序中最简单的形式是单生花（见图1-7），它只有一朵花单独生于枝顶或叶腋；如有多朵花在花序轴上排列，则可将花序大致划分为下列几种。

（1）总状花序（见图1-8） 花序轴不分枝而较长，花多数有近等长的小梗，随开花而花序轴不断伸长。如麦冬草花、紫罗兰、飞燕草。

（2）伞房花序（见图1-9） 下部花的花柄较长，向上渐短，各花排列在同一平面上。如纽扣菊、牡丹、月季、百合。

图1-7 单生花

图1-8 总状花序

图1-9 伞房花序

（3）伞形花序（见图1-10） 许多花柄等长的花着生在花轴顶部。如蕾丝、六出花（又名秘鲁百合）。

（4）穗状花序（见图1-11） 花轴较长，其上着生许多无柄或近无柄的花。如剑兰（又名唐菖蒲）、晚香玉、小苍兰、鼠尾草。

（5）肉穗花序（见图1-12） 穗状花序的一种，但花序轴肉质佳，且花序外围有佛焰苞保护。如火鹤（又名红掌）、马蹄莲。

图1-10 伞形花序

图1-11 穗状花序

图1-12 肉穗花序

（6）圆锥花序（见图1-13） 花序呈重复的分枝，且各分枝排列不规则。如情人草、满天星。

（7）荑葇花序（见图1-14） 许多无柄或具短柄的单性花，着生在柔软的下垂花轴上，常无花被而苞片明显，开花或结果后，整个花序脱落。如鹤望兰。

（8）头状花序（见图1-15、图1-16） 多是无柄或近无柄的花着生在极度缩短、膨大扁平或隆起的花序轴上，形成一头状体，外具形状、大小、质地各式的苞片。如菊花、扶郎花。

（9）聚散花序（见图1-17） 顶端或中心的花先开，然后由上到下或由内到外逐渐开放，并且生长方式是属合轴分枝式。如勿忘我、多头康乃馨。

尽管花序对于插花这项艺术来说有着举足轻重的作用，但插花作品中的花材不仅仅指植物的花序，如果构思巧妙，利用得当，植物的其他部分也可以成为极佳的作品素材。

图1-13 圆锥花序　　图1-14 荑葇花序

图1-15 头状花序　　图1-16 头状花序　　图1-17 聚散花序

二、鲜花花材

插花中的鲜花材料主要有：块状花材、线条花材、填充花材、异型花材等。

1. 块状花材

块状花材主要有芍药（见图1-18）、月季（见图1-19）、菊花（见图1-20、图1-21）、康乃馨（见图1-22）、荷花（见图1-23）、龙胆（见图1-24）、洋牡丹（见图1-25）、郁金香（见图1-26、图1-27）、牡丹（见图1-28）等。块状花材在插花作品中可以做主花、焦点花、配花等等，是插花不可或缺的材料。

图1-18 芍药

图1-19 月季

图1-20 白色菊花

图1-21 黄色菊花

图1-22 康乃馨

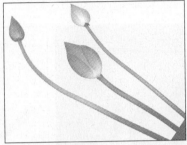

图1-23 荷花

图1-24 龙胆花

图1-25 洋牡丹

图1-26 郁金香

图1-27 郁金香

图1-28 牡丹

2. 线条花材

线条花材在插花作品中用以勾勒作品的走向，尤其在东方式插花中运用较多。主要有晚香玉（见图1-29）、竹（见图1-30）、银芽柳（见图1-31）、蒲棒（见图1-32）、剑叶（见图1-33）、谷穗（见图1-34）、高粱穗（见图1-35）、石斛兰（见图1-36）、跳舞兰（见图1-37）、单瓣紫罗兰（见图1-38）、重瓣紫罗兰（见图1-39）、剑兰（见图1-40）、麦冬草花（见图1-41）、龙柳（见图1-42）、鼠尾草（见图1-43）、飞燕草（见图1-44）、蕾丝（见图1-45）、蛇鞭菊（见图1-46）等。

图1-29 晚香玉

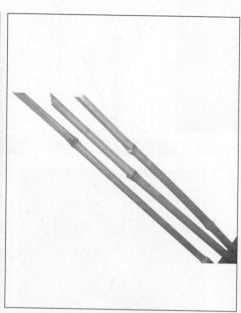

图1-30 竹

图1-31 银芽柳

图1-32 蒲棒

图1-33 剑叶

图1-34 谷穗

图1-35 高粱穗　　　图1-36 石斛兰　　　图1-37 跳舞兰

图1-40 剑兰

图1-38 单瓣紫罗兰　　　图1-39 重瓣紫罗兰　　　图1-41 麦冬草花

图1-42 龙柳

图1-43 鼠尾草

图1-44 飞燕草

图1-45 蕾丝

图1-46 蛇鞭菊

3. 填充花材

填充花材可以渲染和点缀整个插花作品，西方比较规则的插花形式中主花位置比较好确定，填充花材的选择显得甚为重要，如情人草和满天星的渲染效果完全不同，情人草显得模糊（见图1-47），满天星显得鲜亮（见图1-48）；小苍兰和火龙珠的点缀作用完全不同，小苍兰则给人以多姿优雅的美感（见图1-49），火龙珠则显现出聚集的热情（见图1-50）；水晶草则给人以含而不露的美感（见图1-51），还有勿忘我（见图1-52）、相思梅（见图1-53）、千日红（见图1-54）、纽扣菊（见图1-55）、六出花（又名秘鲁百合、水仙百合）（见图1-56）、多头康乃馨（见图1-57）、各种小菊（见图1-58、图1-59、图1-60、图1-61、图1-62）。

图1-47 情人草

图1-48 满天星

图1-49 小苍兰

图1-50 火龙珠

图1-51 水晶草

图1-52 勿忘我

图1-53 相思梅

图1-54 千日红

图1-55 纽扣菊

图1-56 六出花

图1-57 多头康乃馨

图1-58 小菊

图1-59 波斯菊

图1-60 紫色小菊　　　图1-61 白色小菊　　　图1-62 七彩菊

三、其他花材

1. 异型花材

异型花材越来越受到大众的喜爱，插花者也格外青睐异型花材，在插花作品中经常把异型花材用作主花和焦点花。异型花材主要有百合花（见图1-63）、太阳花也叫扶郎花（见图1-64）、鹤望兰（见图1-65）、小鸟（见图1-66）、火鹤（见图1-67）、马蹄莲（见图1-68）等。

图1-63 百合花　　　图1-64 太阳花（扶郎花）　　　图1-65 鹤望兰

图1-66 小鸟　　　图1-67 火鹤　　　图1-68 马蹄莲

2. 鲜叶材料

鲜叶材料简称叶材，俗话说"好花也要绿叶配"，叶材是插花作品中不可或缺的元素。经常使用的叶材有大叶黄杨（见图1-69）、龟背竹叶（见图1-70）、巴西木叶（见图1-71）、散尾葵叶（见图1-72）、栀子叶（见图1-73）、黄英（见图1-74）、狐尾天冬（见图1-75）、文竹（见图1-76）、高山积雪（见图1-77）、一叶兰叶（见图1-78）、常春藤（见图1-79）、鸭掌木叶（见图1-80）、排草（见图1-81）、蓬莱松（见图1-82）、小松针（见图1-83）、松树针（见图1-84）等。

图1-69　大叶黄杨

图1-70　龟背竹叶

图1-71　巴西木叶

图1-72　散尾葵叶

图1-73　栀子叶

图1-74　黄英

图1-75　狐尾天冬

图1-76　文竹

图1-77　高山积雪

图1-78 一叶兰

图1-79 常春藤

图1-80 鸭掌木叶

图1-81 排草

图1-82 蓬莱松

图1-83 小松针

图1-84 松树针

第二节 花器与工具

一、常用花器

花器是指盛载插花作品的器皿。目前市场上的花器种类繁多，主要有以下几类：① 塑料花器（见图1-85），② 玻璃花器（见图1-86），③ 陶质花器（见图1-87），④ 瓷质花器（见图1-88），⑤ 藤木草竹类花器（见图1-89）。

图1-85 塑料花器

图1-86 玻璃花器

图1-87 陶制花器

图1-88 瓷质花器

图1-89 藤木草竹类花器

在实际插花过程中要注意花器与作品的和谐统一。当人们欣赏插花作品时，花器的作用不可忽视（见图1-90、图1-91）。比较图1-90和图1-91，同样的花材、同样的造型，由于花器不同给人的审美感受会产生差异，可见花器在插花作品中的作用不可忽视。

图1-90 不同花器插花（1）

图1-91 不同花器插花（2）

二、常用工具

1. 剪与钳

图1-92是插花时常用的强力剪，可以用来剪一些草本的花材；图1-93是枝剪，用来剪枝条较硬的木本花材；图1-94是普通剪，用来剪包装纸、绳和丝带等物；图1-95是小钳，用来弯曲铁丝和剪断较细的铁丝；图1-96是较为强力的钳，用来剪人造花花材的枝杈。

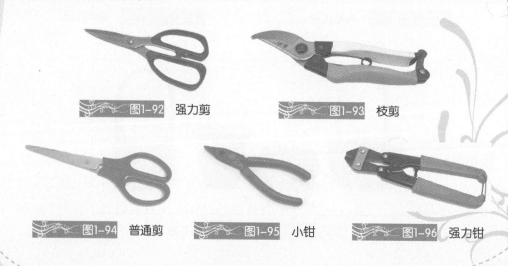

图1-92 强力剪

图1-93 枝剪

图1-94 普通剪

图1-95 小钳

图1-96 强力钳

2. 刀与锯

图1-97是用来切花泥用的普通小刀；图1-98是用来锯木本花材的手锯。

3. 喷壶与胶枪

图1-99是鲜花插花作品完成后所用的喷水壶；图1-100是插花制作过程中常用的胶枪与胶棒。

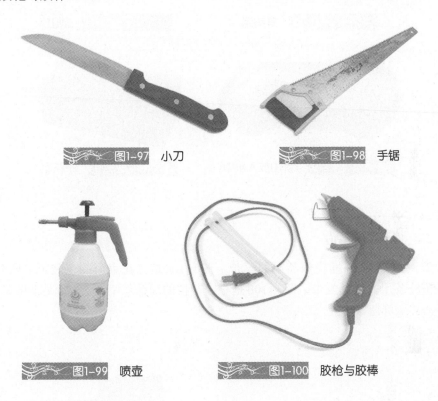

图1-97　小刀

图1-98　手锯

图1-99　喷壶

图1-100　胶枪与胶棒

第三节　认识辅料

一、花泥与剑山

花泥和剑山的作用是稳定花材，鲜花花泥吸水性强，可以起到保湿的作用。图1-101是插制鲜花作品所用的花泥；图1-102是剑山，剑山可以直接放在有水的花器内（见图1-103）创作插花作品；图1-104是干花泥，用来固定干花和人造花作品。

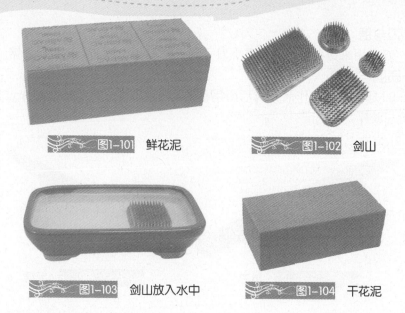

图1-101 鲜花泥

图1-102 剑山

图1-103 剑山放入水中

图1-104 干花泥

二、辅助饰品

图1-105是装饰插花作品用的丝带；图1-106是打花束用的包装纸；图1-107是裹覆枝条用的彩色胶带；图1-108是稳固花枝的绿铁丝；图1-109是能够延长花枝寿命的保鲜瓶。

图1-105 丝带

图1-106 包装纸

图1-107 彩色胶带　　　图1-108 绿铁丝　　　图1-109 保鲜瓶

三、其他物品与器具

还有一些物品与器具也是插花时需要的。

（1）打刺器（见图1-110），用来去掉花枝上的针刺。

（2）胶条船（见图1-111），包装花束时，经常使用。

图1-110 打刺器　　　　　图1-111 胶条船

（3）几架（见图1-112），东方式插花作品经常用到。

（4）插盘（见图1-113），插盘上有针状物，非常利于初学插花者使用。

（5）插花转盘（见图1-114），用于插制圆形多面观作品。

（6）异型花器（见图1-115），可以插制别具情趣的作品。

（7）山石、树皮、小亭（见图1-116），用来点缀作品。

（8）装饰水果（见图1-117），根据作品的需要，可以通过装饰水果增加生活气息。

（9）干花（见图1-118），干花使用寿命长，与鲜花搭配可以创作出异趣和谐的效果。

图1-112 几架

图1-113　插盘

图1-114　插花转盘

图1-115　异型花器

图1-116　山石、树皮、小亭

图1-117　装饰水果

图1-118　干花

（10）沙、石（见图1-119），可以在作品中创作出海滩、岛屿的效果。

（11）日常用品，许多日常生活中的物品也可以成为插花造型用具。如水杯（见图1-120），盘子（见图1-121），瓶子（见图1-122），伞（见图1-123）、斗笠（见图1-124）等都可以成为插花作品的器物。作品《酒香》（见图1-125）就是利用酒瓶的线条与鲜花完成的作品；作品《荷塘》（见图1-126），是以沙象征塘水的作品；作品《妙笔生花》（见图1-127），作者运用了笔筒和各种笔插制的作品，作品以笔为花勾勒线条，加上几朵小花显得情趣盎然。甚至一些新鲜的蔬菜，如今也进入了插花者的视线（见图1-128）。作品《青葱岁月》（见图1-129）用一只普通的高脚酒杯，加上青白两色花材，把年轻人的单纯与无忧表现得淋漓尽致。可见使用日常用品进行插花，更能细腻地表达人们的情感。

图1-119　沙、石

图1-120　水杯

图1-121　盘子

图1-122　瓶子

图1-123　伞

图1-124　斗笠

图1-125　酒香

图1-126　荷塘

图1-127　妙笔生花（何云湘）

图1-128　菜园花香

图1-129　青葱岁月（张扬）

19

思考题

说出以下作品中分别使用了哪些花材、花器和辅助材料。

1.《农家乐》2.《丰收》3.《芳草萋萋》4.《荣枯》5.《相伴》6.《鲜果飘香》7.《花儿香》

作业图1-1 农家乐

（何云湘）

作业图1-2 丰收

（何云湘）

作业图1-3 芳草萋萋

（何云湘）

作业图1-6 鲜果飘香

（何云湘）

作业图1-4 荣枯

（何云湘）

作业图1-5 相伴

（何云湘）

作业图1-7 花儿香

（何云湘）

第二章 插花作品的色与形

第一节 插花作品的色彩

人们之所以喜爱鲜花，首先是由于它那鲜艳美丽的色彩。在人类物质生活和精神生活发展的过程中，色彩始终焕发着神奇的魅力，花朵的色彩更是如此。人们所见到的色彩是由于物体内部物质不同，受光线照射后，产生光的分解现象。一部分光线被吸收，其余的被反射或透射出来，成为我们所见的物体色彩。黑暗中没有光线照射时，我们看不见物体的形状，也就看不见物体的色彩。所以，光是一切色彩的来源。红花之所以是红色，原因是太阳光中的橙、黄、绿、蓝、紫等其它色光基本被红花所吸收，而把红光反射出来的结果。绿叶亦是如此，反射出绿光的原因是吸收了其它色光的结果。

一、色彩常识

1. 色彩的色相、纯度、明度

（1）色相　色相是各种具体色彩的相貌、名称。太阳光一般可分成红、橙、黄、绿、蓝、紫六种有基本色感的色相。每个名称都表示一种颜色的色相。色相主要是用来区分各种不同的颜色，增强对色彩的辨别能力。客观世界色彩丰富，变化万千，肉眼所能识别的十分有限。因此，在观察色相时要善于比较，培养识别能力。提高色彩的审美感觉，有利于在插花时正确选择和搭配作品的颜色。

（2）纯度　纯度也称彩度或饱和度，指的是颜色纯净程度和饱和程度，或者说是颜色含彩量的饱和程度。在可见光中的各种单色光是最纯的颜色，称为极限纯度。纯度越高，颜色越鲜明。黑、白、灰属无彩色系，其彩度为零。如果在黑、白、灰中加上彩色，彩度便增加，在纯彩色中加上黑、白、灰，彩度便会降低。如大红中加入白色成为粉红，与大红相比其彩度较低。插花作品中如果利用某一种颜色的不同彩度进行搭配，就可形成统一、协调的效果。当纯净的颜色掺入黑、白、灰等其它色彩时，其颜色的纯度就产生变化。物体色彩的纯度与饱和度有关，与物体表面结构也有关。物体表面结构粗糙，光线的反射作用将使色彩的纯度降低。物体的表面结构光滑，色彩的纯度就比较高。

（3）明度　明度也称光度或辉度，是指色彩的明暗程度。包含两层意思：其一，是同一色相受光后由于物体受光的强弱不一，产生了各种不同的明暗层次。

其二，是指颜色本身的明度，如红、橙、黄、绿、蓝、紫六种标准色互相比较的深浅度。同一绿色，受光的强弱、角度和亮度不同，会产生明绿、绿、暗绿等不同的明度。不同的颜色中黄色的明度较高，仅次于白色；紫色的明度较低接近于黑色；黑、灰、白有明度无彩色。插花时，不同明度的色彩相配，能使画面富有变化，增强层次感。不同明度的同一色彩配合在一起，也能使插花的整体感增强。

2. 色彩的三原色、中间色、复色、补色

（1）三原色　色彩的三原色是指其中任何一色，都不能由另外两种原色混合产生的，而其它色彩可以由这三色按一定比例配合出来。自然界的景物在光线照射下显示出的色彩，都是由这三种原色组合而成的。

三原色有色光和色料之分。色光的三原色是红、绿、蓝，将色光混合会变亮，谓之加色法混合；色料三原色是红、黄、蓝，若将这三色混合会变深，称作减色法混合。花卉虽然没有标准的三原色，但可以用比较接近的某一种颜色称之。除原色之外。还有中间色、复色和补色，创造出绚丽多彩的世界。

（2）中间色　中间色又称第二次色，是两种原色分量相等或不等相混合的色彩。色料的中间色为红＋黄＝橙，黄＋蓝＝绿，蓝＋红＝紫。原色和中间色即六种最基本色相。

（3）复色　复色又称再间色，即第三次色，由两间色相加而成，就是两个中间色相混合或者三原色相混合所得的色彩。由于在任何一种复色中，都含有三原色成分，因此在色彩配置时，当色相间对比过强时可加复色起到缓冲调和的作用（见彩图2-1）。

（4）补色　补色是两种颜色混合而成黑色时，这两种颜色互为补色，如十二色相环中（见彩图2-2），相对的两色互为补色，像红和绿，红为绿的补色，绿为红的补色；黄和紫，黄为紫的补色，紫为黄的补色。补色的明暗、冷暖对比最为强烈。

在插花时，一对互补色并置可创造醒目、跳跃的效果（见彩图2-3），可用补色关系来突出主体，但应对比适度，否则会造成强烈刺激和不协调的效果。两种原色的花材并列在一起，给人一种明艳的感觉；两种中间色并列在一起，色彩比较暗淡；原色与中间色合理搭配则效果较佳。插花作品中色彩的变化如果是逐渐过渡时，显得柔和协调、幽静雅致；若是互补色相配，容易取得对比鲜明、热烈跳跃的审美效果。补色花材关系运用得好，会使插花作品色彩明亮，生气勃勃，生动地衬托出主体。相反如不注意色彩的搭配和花体色块大小的安排，将会产生生硬与不安的效果。

二、插花作品的色彩搭配规律

在花材中很难找到与色彩理论完全相符的标准色彩。色彩环（见彩图2-4）中的颜色是人们为了更好地分析与使用色彩而总结出来的规律。在插花过程中所使

用的花材颜色与色彩环相近即可。

1. 插花的相似色搭配规律（见彩图2-5）

插花中相似色搭配是较为容易的搭配方式。作品《檀香》（见彩图2-6）是相似色搭配的插花作品。在制作这一类作品时有两点应该注意：一是深色花朵所占的面积要适当小一些（见彩图2-7）；二是遵循上小下大、上浅下深的原则，作品《秀色》（见彩图2-8）遵循了这一原则。

2. 插花的对比色搭配规律（见彩图2-9）

插花的对比色搭配给人的视觉效果比较强烈。作品《枯树前头万木春》（见图2-10）是对比色搭配的插花作品。对比色搭配时，一要注意色彩的比例，相对两色的用量要有差异（见图2-11）；二要注意同色花材的相对集中（见彩图2-12），否则会产生零乱不堪的感觉（见彩图2-13）。

在日常插花中人们习惯把花材的色彩分为冷、暖色。冷色花材是指发蓝色的花材（见彩图2-14）；暖色花材是指发红色的花材（见彩图2-15）。

图2-10　枯树前头万木春
（何云湘）

图2-11　仙境

第二节　插花作品的形状

插花作品的形状是指将花材放在相应的位置所构成的插花作品的外部形式与表现状态。目前插花作品的形状繁多，但是就其原形与本质来说，可以归纳为以下三类。

一、西方式插花的形状

西方式插花的基本形状主要有：球形、半球形、塔形、椭圆形、圆面形、水平形、扇面形、三角形、倒T形、月亮形、S形、垂直形等。

1. 半球形（见图2-16、图2-17）

半球形插花是可以多面观赏的插花，适于摆放在方形和圆形的茶几、餐桌上。

图2-16 半球形插花侧视图

图2-17 半球形插花俯视图

2. 椭圆形（见图2-18、图2-19）

椭圆形插花是多面观赏插花，适于摆放在长方形和椭圆形的茶几、餐桌上。

图2-18 椭圆形插花侧视图

图2-19 椭圆形插花俯视图

3. 圆面形（见图2-20）

圆面形插花是单面观赏的插花，适于摆放在比较窄的地方，如窗台及窄台等处。

4. 水平形（见彩图2-21）

水平形插花与椭圆形插花相似，也是多面观插花。所不同的是，比起椭圆形插花，侧面观赏时水平形插花两侧有下垂的感觉。

图2-20 圆面形插花

图2-21 水平形插花

5. 扇面形（见图 2-22）

扇面形插花是单面观赏插花，最为常见的扇面形插花是商家的开业花篮。

6. 三角形（见图 2-23）

三角形插花也是单面观赏插花，可以作为装饰摆放在较为宽敞的靠墙处或宽台上。

图2-22　扇面形插花

图2-23　三角形插花

7. L 形（见图 2-24）

L 形插花是单面观赏插花，可以作为装饰放置在靠墙处的台、几、桌等处。

8. 倒 T 形（见图 2-25）

倒 T 形插花也是单面观赏插花，与 L 形相似可以放置在靠墙处的台、几、桌等处。

图2-24　L形插花

图2-25　倒T形插花

9. 月牙形（见图2-26）

月牙形插花是单面观赏插花，与L形相似可以放置在靠墙处的台、几、桌等处。

10. S形（见图2-27）

S形插花是单面观赏插花，与L形相似可以放置在靠墙处的台、几、桌等处。

图2-26 月牙形插花

图2-27 S形插花

11. 放射形（见图2-28）

放射形插花是单面观赏插花，插法与扇面形相似，但要求有放射感。

12. 垂直形（见图2-29）

垂直形插花是单面观赏插花，占用空间较小，可以放在较狭窄处。

图2-28 放射形插花

图2-29 垂直形插花

13. 平行形（见图2-30）

平行形插花是单面观赏插花，可以放置在窗台和靠墙处。但要根据疏密注意放置地点，作品《密林野趣》（见图2-31）应放在靠墙处，有很好的装饰效果；作品《花园》（见图2-32）可以放在窗台上，因为花材比较稀疏不遮挡光线。

图2-30 平行形插花　　　图2-31 密林野趣　　　图2-32 花园

二、东方式插花的形状

东方式插花的形状较难掌握，因其变化较大，如花材多时，可以用几朵（见图2-33）、几十朵、几百朵进行插花创作；花材少时，两三朵即可（见图2-34）。但只要牢记"师法自然"这一规律，就可以变"纷繁"为"简单"，插制出变化万千的东方式插花作品。下面将以我国为主的东方式插花形状总结归纳为九种。

图2-33 憧憬（张扬）　　　图2-34 飘（何云湘）

1. 阶梯形（见图2-35）

阶梯形插花是将作品的整体形状插制成左高右低或左低右高的阶梯形式，技巧是立体与层次的构成。

2. 飘逸形（见图2-36）

飘逸形插花是依照长枝的自然走向平行插出画面，飘在空中。技巧是平衡与重心的把握。

3. 旋转形（见图2-37）

旋转形插花是按照枝条的自然曲度，向同一方向旋转，构成具有动感的画面。技巧是枝条的长短把握和曲度的协调。

图2-35 阶梯形　　　图2-36 飘逸形　　　图2-37 旋转形

4. 上散形（见图2-38）

上散形插花比较简单。技巧是"下聚"，即下部聚集于一点，以充分显示出上散的自然状态。

5. 舞袖形（见图2-39）

舞袖形插花形似东方美女挥动长袖翩翩起舞，与西方插花的S形类似。所不同的是东方式插花喜用木本植物，西方式插花喜用草本植物。

6. 直上形（见图2-40）

直上形插花是指插制作品时所有的花材都竖直向上的插法。技巧是要使作品有向上的美感。

图2-38 上散形　　　图2-39 舞袖形　　　图2-40 直上形

7. 倾斜形（见图2-41）

倾斜形插花是将作品中最长的枝条向左或向右倾斜。技巧是作品整体平衡稳重的把握。

8. 下垂形（见图2-42）

下垂形插花是将作品中最长的枝条向下倾斜。技巧是除最长枝条外的其他枝条和花朵要分布合理，以使整个作品和谐。

9. 水平形（见图2-43）

水平形插花是整体呈现水平伸展的插花作品。技巧是主花要直立，但不要过高，以免影响作品的横向造型。

图2-41　倾斜形　　　　图2-42　下垂形　　　　图2-43　水平形

三、现代自由式插花的形状

现代自由式插花形状的特点就在于"自由"，然而这种自由是有条件的，最为主要的有以下两点。

首先，掌握基本插法。没有掌握基本插花方法，很难创造出好的现代自由式插花。只有在掌握了东西方基本插花方法的前提下，方可进一步创造新的插花形式。现代自由式插花所具有的这种"创造性"，建立在基本插花方法之上。

第二，基本功扎实。插制现代自由式插花仍然要有章法，如巧妙遮盖花泥是插花者的基本功之一，如果插花作品"暴露花泥"就会使作品显得拙劣。当然有的作品把花泥作为插花整体造型的花器情况除外，作品《守望》（见图2-44）就是直接在花泥上插花，略去花器，凸显花泥的形状（见图2-45），形成点、线、面相结合的作品。

下面是几种现代自由式插花的技巧。

图2-44 守望　　　　　图2-45 凸显花泥形状

1. 组合式插花（见图2-46）

组合式现代插花是基本插花形式相结合所形成的插花形式。图2-46就是由两部分组合而成的插花作品，下部是半球形（见图2-47），上部是垂直形（见图2-48）。作品《共生》（见图2-49）上部是平行形插花（见图2-50），下部是水平形插花（见图2-51）。

2. 搭架式插花（见图2-52）

搭架式插花是将插花作品的上部撑起以增加立体感的一种插花方式。搭架式插花的装饰效果较好，支撑物可以用树枝、木棍，也可以是其他适宜的物品。作品《花亭》（见图2-53）的支撑物是高脚酒杯，增加了作品的现代感。

图2-46 组合式插花　　　图2-47 下部-半球形　　　图2-48 上部-垂直形

图2-49　共生

图2-50　上部-平行形

图2-51　下部-水平形

图2-52　丛中笑

图2-53　花亭

3. 捆束式插花（见图2-54）

捆束式插花是将多枝花材捆束在一起，进行插花的形式。捆束式插花可以将比较单薄的花材变得厚重而有质感。作品《绿色世界》把单薄的叶材捆束在一起，形成了树的形象（见图2-55）。

图2-54　一点红

图2-55　绿色世界

（冯莛、张扬、何云湘）

4. 联结式插花（见图 2-56）

联结式插花是将花材联结起来，形成链的状态。由图 2-56 可以看出，这种联结有很好的装饰效果。

5. 摆放式插花（见图 2-57）

摆放式插花是将花材摆放成不同的形式，用不用花泥均可。图 2-57 是使用花泥的摆放式插花，有花泥利于保鲜，鲜花的寿命较长。无花泥摆放的花材，其寿命较短，作品《绽荷》（见图 2-58）是无花泥摆放的作品。另外摆放式插花还可以分为有序摆放和无序摆放，图 2-57 是无序摆放，图 2-58 是有序摆放。无序摆放不等于乱放，也应该注意作品的色、形以及质感等。

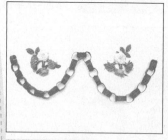

图 2-56 联结（冯荭、张扬、何云湘）

图 2-57 礼物（冯荭、张扬、何云湘）

图 2-58 绽荷

6. 双层式插花（见图 2-59）

双层式插花是指上下两层的插花形式。双层式插花与组合式插花的异同是：组合式插花可以是上下组合（见图 2-59），也可以是左右组合（见图 2-60）。由于双层式插花在日常应用中较为广泛，因此本书特别提出。

随着人们生活水平的不断提高和社会需求的日益广泛，现代自由式插花的种类也在不断出新，只要认真学会最基本的东西方插花，就会适应社会发展的需要，自己也可以创作出新颖的作品。

图 2-59 双层插花（冯荭、张扬）

图 2-60 中西合璧（何云湘）

思考题

一、用色彩搭配规律分析以下作品。

1.《悠然》2.《青春岁月》3.《村歌》

二、判断以下作品是哪种基本造型。

4.《欢乐的节日》5.《捧月》6.《舞》7.《生长》8.《袅袅》9.《山色》

作业图2-1　悠然（何云湘）

作业图2-2　青春岁月（何云湘）

作业图2-3　村歌（张扬、何云湘）

作业图2-4　欢乐的节日（何云湘）

作业图2-5　捧月（何云湘）

作业图2-6　舞（何云湘）

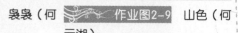

作业图2-7　生长
（何云湘）

作业图2-8　袅袅（何
云湘）

作业图2-9　山色（何
云湘）

第三章 插花的基本技巧

第一节 固定花材的技巧

一、花泥的使用技巧

1. 鲜花花泥的浸泡技巧

花泥主要用来固定花材，花泥分干花花泥和鲜花花泥（见图3-1）。鲜花花泥除固定作用外还有保湿作用，插制鲜花作品的花泥需要完全浸透，否则容易使鲜花过早凋零枯萎，影响整个作品的质量，缩短观赏时间。鲜花花泥浸泡步骤如下。

第一步：在容器内放入高于花泥的水。水一定要干净，以免水中污物影响花泥的通透性。

第二步：将花泥平放于水中（见图3-2）。注意：不可强行压按（见图3-3），因为强行压按的花泥会产生"花泥中干"现象（见图3-4），花泥如果中干会影响鲜花的保鲜。

第三步：等待花泥自然吸水下沉（见图3-5），当水完全淹过自然吸水的花泥时（见图3-6），方可将花泥取出使用。

图3-1 鲜花泥与干花泥

图3-2 花泥应平放于水中

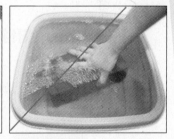

图3-3 不能强按花泥

图3-4 花泥的中干现象

图3-5 花泥自然吸水

图3-6 自然下沉可使用的花泥

2. 鲜花花泥的放置技巧

在花器中放置吸饱水的花泥，有两点需要掌握的技巧：第一，花泥放置在花器中，要高出花器边缘2～3指（见图3-7），以便横向插入花材（见图3-8）。

第二，注意花泥的稳定，有些花器中有针状物（见图3-9），这样的花器固定花泥作用较好；更多的花器内没有固定物（见图3-10），需要在主花泥的四周加入小花泥，使主要的花泥得以稳固（见图3-11）。

图3-7　花泥在花器中的位置

图3-8　横向插入花材

图3-9　有针状物的花器

图3-10　无针状物的花器

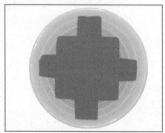

图3-11　加入小花泥固定

二、剑山的使用技巧

1. 直接使用

如果花器较浅，将剑山放入盛水花器内（见图3-12），直接插入花材（见图3-13）。

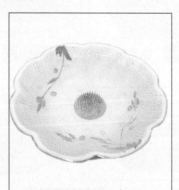

图3-12　浅花器中可直接使用剑山

图3-13　直接在剑山上插花

2. 间接使用

当遇到较深的花器、花器内没有针状物可以固定花泥、花泥用量又比较小时，可将剑山与花泥接合使用，将花泥插在剑山上放入花器中（见图3-14），插入花材完成作品（见图3-15）。

图3-14　花泥插在剑山上放入花器　　　图3-15　完成作品

三、瓶插固定技巧

在瓶中放入净水，直接放入鲜花，是一种最为简易的插花方法（见图3-16），这种插花方法适用于瓶口较小的花瓶。要想用这种方法在大口瓶中、创作出由多种花材构成的作品，容易出现花材贴在花器壁上的现象（见图3-17）。遇到这种情况，可用以下方法固定花材。

图3-16　瓶插　　　　　　图3-17　花材贴在花器壁上

1. 瓶插十字法固定

用小枝以十字卡在瓶口（见图3-18），花材借助十字可以直立（见图3-19）。避免了花材贴在花器壁上（见图3-20）。进一步固定花材时，还可以将十字固定，缠绕上细铁丝，制作成十字网（见图3-21），固定效果会更好（见图3-22），能够通过十字网很好地进行插花造型（见图3-23）。

图3-18 把小枝十字形卡在瓶口

图3-19 花材借"十字"直立

图3-20 花材不能直立

图3-21 十字网

图3-22 十字网固定花材

图3-23 十字网固定花材的作品

2. 瓶插井字法固定

井字固定法是用小枝搭成井字（见图3-24），能够将较重的花材固定好（见图3-25、图3-26），顺利完成作品（见图3-27），如果不用井字架就无法用这些较重的花材造型（见图3-28）。

图3-24 井字架

图3-25 井字架固定花材

图3-26　井字架能使花材很好地直立

图3-27　井字架固定花材完成的作品

图3-28　无井字架支撑的花材造型差

第二节　整理花材的技巧

无论是我们自己采摘的花材还是从市场购买的花材，在插花之前都需要进行相应的整理，如剪枝、去叶、打刺等。通过整理的花材，要求干净鲜亮（见图3-29、图3-30），整理花材时要去掉烂枝、烂叶、残花、残叶等。

图3-29　干净鲜亮的花材

图3-30　干净鲜亮的叶材

一、花枝整理

刚从花卉市场买回的鲜花花材（见图3-31），需要马上整理，以防失水时间过长鲜花花材凋零萎蔫。

第一步：打刺。有些鲜花花材的枝条上有刺，如切花玫瑰（见图3-32），可用打刺器将刺去掉（见图3-33、图3-34）。

第二步：整形。将花枝上的残叶残瓣去掉。

第三步：浸泡。用强力剪将花枝下部剪去2厘米左右（见图3-35），浸入水中备用。

技巧：剪枝时要注意剪子与花枝的角度，以45°为宜。浸泡花材的水，最好前一、两天备好；剪花枝时最好是水中剪切。

图3-31 从市场买回的花材

图3-32 花材上的刺

图3-33 打刺

图3-34 打完刺的花枝

图3-35 剪去2厘米

二、叶材整理

叶材的整理分两次：第一次整理是购买花材后的整理；第二次整理是插花时的整理。我们以插花常用的栀子叶（见图3-36）为例，叙述叶材的整理过程。

1. 第一次叶材整理

第一次叶材整理是指刚刚采摘或刚刚从市场购买回的叶材。第一次的整理是一次简单的整理。

第一步：去掉烂叶、烂枝（见图3-37）。

第二步：用枝剪剪去2厘米左右（见图3-38）放在水中备用（见图3-30）。

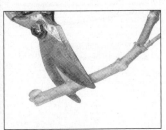

图3-36 栀子叶　　　　图3-37 剪去坏叶　　　　图3-38 剪掉2厘米

2. 第二次叶材整理

第一步：整枝。根据插花的需要，按照主枝的自然形态，将主枝上多余的枝条剪去，保留所需的主要枝条。

第二步：整叶。有些枝条上的叶子分布不均匀，显得轻重比例失调，影响了插花的整体效果，需要把多余的叶子剪掉，使之平衡。

第三步：清洗。由于枝干和叶子上有一些灰尘或杂质，影响美观，需要把枝叶放在水里清洗一下，以洗去灰尘和杂质，使枝叶看起来美观、自然。

经过整枝、整叶、清洗过的枝叶清新鲜嫩，方可使用。

三、其他相关技巧

1. 花泥包裹技巧

在插花过程中有些容器不能很好地保持花泥中的水分，如在花篮中直接放入花泥会有漏水现象，需要将花泥进行包装。步骤如下。

第一步，制作U形钉。把绿铁丝剪成所需长度，两边折成90°（见图3-39）备用。

第二步，花泥浸水。将花泥切成所需形状，充分浸泡（见图3-40）。

第三步，包裹花泥。将充分浸泡过的花泥放在适当大小的塑料布上，包裹好并用U形钉钉住（见图3-41）备用。

可将包裹好的花泥放在花篮中插花（见图3-42）；也可以直接在包裹好的花泥上插花，不用其他花器（见图3-43）。

2. 小枝固定技巧

固定花枝的办法很多，现介绍用小枝对花枝进行固定。

第一步，剪切。将废弃的枝条剪切成相等长短的小枝（见图3-44）。

第二步，捆绑。将小枝捆紧，放入花器中（见图3-45）。

第三步，放入保鲜瓶。在捆绑好小枝的缝隙中插入保鲜瓶（见图3-46）。注

图3-39 U形钉

图3-40 花泥切成所需形状浸泡

图3-41 将花泥裹入塑料布用U形钉钉住

图3-42 将花泥放入篮中插花

图3-43 直接在包裹好的花泥上插花

图3-44 等长的小枝

图3-45 等长小枝捆好放入花器

图3-46 插入保鲜瓶

图3-47 把保鲜瓶的底剪掉

意：保鲜瓶的底部要剪掉（见图3-47）使花枝可以直接浸在水中（见图3-48）。
用这些小枝还可以造型（见图3-49），创造出别具一格的作品。

图3-48 花枝通过保
鲜瓶与水接触

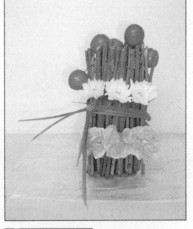

图3-49 收获（张扬）

图3-50 叶子卷曲技巧

3. 卷曲叶材技巧

有些花材，通过卷曲可以使作品呈现更多的人
工美感（见图3-50）。卷叶步骤如下：

第一步，选择合适的花材（见图3-51）。

第二步，将叶材卷曲并钉住（见图3-52）。

第三步，用卷曲的叶材构图、插制。

也可以在花泥上直接进行叶材卷曲（见图3-53）。

图3-51 选择合
适花材

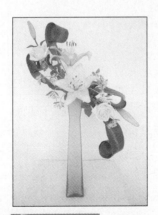

图3-52 用卷好
的叶材构图

图3-53 剑叶直
接卷曲

4. 遮挡花泥技巧

遮挡花泥是初学插花者的难题，其实在插花中可以用沙石等物对花泥进行遮挡（见图3-54，图3-55）。

图3-54 走过四季（张扬）　　图3-55 巧妙遮挡花泥

5. 花头固定技巧

有些花材的茎秆比较纤软，适当固定后更有利于制作插花造型并保持挺立。

（1）弯钩固定

第一步：将铁丝插入花头的底部（见图3-56）。

第二步：由上部穿出后将铁丝弯一小钩。

第三步：从下部拉实铁丝（见图3-57）。

第四步：在花材的茎秆上缠绕铁丝（见图3-58）。

图3-56 将铁丝插入　　图3-57 从下部将　　图3-58 在茎秆上
铁丝拉实　　　　　　缠绕铁丝

（2）缠绕固定

第一步：将铁丝穿透花朵的花萼部位（见图3-59）。

第二步：围绕茎秆缠绕成弹簧状固定（见图3-60）。

（3）插入固定

直接将铁丝插入茎秆（见图3-61）固定。

图3-59 铁丝穿透花萼

图3-60 铁丝缠绕花茎

图3-61 铁丝插入茎秆固定

对于花朵的固定，要根据不同的花材采取不同的固定方法。最好使用与茎秆相同颜色的铁丝进行固定，以使铁丝与茎秆的颜色保持一致。

6. 剑山使用技巧

使用剑山固定花材简洁方便，尤其是东方式插花花材较少，适宜用剑山固定。注意以下技巧，便可随心所欲地插出想要的造型：

使用剑山插花前要先把剑山放入花器，在花器内加水，水的高度以没过剑山为准（见图3-62）。

第一步，将花材垂直插在剑山上（见图3-63）。

第二步，再将花材倾斜到位即可（见图3-64）。

第三步，用剑山固定完成作品（见图3-65、图3-66）。

图3-62 花器加水没过剑山

图3-63 花材垂直插在剑山上

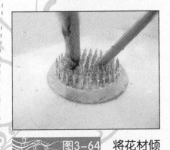

图3-64 将花材倾斜到所需位置

图3-65 剑山固定花材

图3-66 剑山固定，完成作品

7. 茎秆加长技巧

有时花材茎秆较短，需要加长。茎秆加长有"接杆法"和"铁丝法"两种。接杆法是将较短的花材用另一茎秆接上加长的办法；铁丝法是直接用铁丝加长茎秆的办法。

（1）接杆加长法

第一步，备好绿胶条和茎秆（见图3-67）。

第二步，短枝花材应充分吸水，然后用绿胶条缠绕花茎1～2圈、封好（见图3-68）。

第三步，接上茎秆，用绿胶条缠绕固定（见图3-69）。

此法可用于较为耐插的花材。

  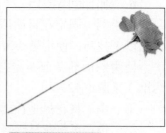

图3-67 备好茎秆、绿胶条 　图3-68 绿胶条缠绕花茎1～2圈 　图3-69 接上长枝用胶条固定

（2）铁丝加长法

第一步，备好绿胶条与绿铁丝。

第二步，将短枝花材用绿胶条缠绕、封好（见图3-70）。

第三步，接上铁丝，用绿胶条缠绕固定（见图3-71）。

铁丝加长法适合用于较细的短花材。

插花的技巧是在插花的实践活动中不断摸索出来的方法，这里只是举出比较常用的几种，还有许多没有编入，如编叶的技巧，通过编叶（见图3-72）、挂花（见图3-73）、保鲜（见图3-74）等步骤完成作品（见图3-75），只要我们不断实践，就会总结出更加完善的方法，推进插花活动向更高层次发展。

图3-70 将短枝花材用绿胶条缠绕、封好 　图3-71 接上铁丝固定 　图3-72 编叶

图3-73　挂花　　　　　　　　图3-74　保鲜　　　　　　　　图3-75　作品完成

思考题

说出以下作品使用了哪些技巧。

1.《伸展》2.《海螺》3.《花镜》4.《捆绑爱情》

作业图3-1　伸展（何云湘）　　　　　作业图3-2　海螺（何云湘）

作业图3-3　花镜（何云湘）　　　　　作业图3-4　捆绑爱情（何云湘）

第四章 插花的基本步骤与创作基础

第一节 西方式插花的步骤

一、半球形插花步骤

第一步，定出半球的长、宽、高（见图4-1、图4-2）。

第二步，沿弧线插入第二层鲜花（见图4-3、图4-4），注意：要错落有序、均衡对称。

图4-1 半球形第一步

图4-2 半球形第一步（俯视图）

图4-3 半球形第二步

图4-4 半球形第二步（俯视图）

第三步，沿弧线插入第三层鲜花（见图4-5、图4-6），注意事项同上。

第四步，插入填充花（见图4-7、图4-8），注意：填充花也要与整体和谐一致、均匀分布。半球形插花效果见彩图4-7。

图4-5　半球形第三步

图4-6　半球形第三步（俯视图）

图4-7　半球形第四步

图4-8　半球形第四步（俯视图）

二、扇面形插花步骤

第一步，用花材定出扇面形插花的扇面（见图4-9）。

第二步，定出焦点（也是作品的厚度，见图4-10）。

第三步，插入扇面形的第二层花材（见图4-11）。

第四步，插入扇面形的第三层花材（见图4-12）。

第五步，插入填充花，作品完成（见图4-13）。扇面形插花效果见彩图4-13。

图4-9 扇面形第一步

图4-10 扇面形第二步

图4-11 扇面形第三步

图4-12 扇面形第四步

图4-13 扇面形完成

三、水平形插花步骤

第一步，用花材插出水平线条（见图4-14）。

第二步，用花材定出作品的高（见图4-15）。

第三步，定出作品的宽（见图4-16）。

第四步，在水平线上插入花材（见图4-17），注意：要有弧度。

第五步，在水平线两侧插入花材（见图4-18），注意：要错落有序。

第六步，插入叶材填充（见图4-19）。

第七步，加入勿忘我等花材，调节整体的色彩（见图4-20、图4-21），作品完成。效果图见彩图4-20。

图4-14 水平形第一步

图4-15 水平形第二步

图4-16 水平形第三步

图4-17 水平形第四步

图4-18 水平形第五步

图4-19 水平形第六步

图4-20 水平形第七步

图4-21 水平形俯视

四、椭圆形插花步骤

第一步，定出作品的长、宽、高（见图4-22、图4-23）。

第二步，插出椭圆形状（见图4-24、图4-25）。

图4-22 椭圆形第一步

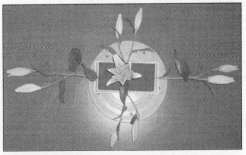
图4-23 椭圆形第一步

图4-24 椭圆形第二步

图4-25 椭圆形第二步

第三步，沿十字插花（见图4-26、图4-27）。

第四步，在空处相应插入花材（见图4-28、图4-29）。

第五步，插入相应的填充花材，完成作品（见图4-30、图4-31）。椭圆形插花效果见彩图4-30。

图4-26 椭圆形第三步

图4-27 椭圆形第三步

图4-28 椭圆形第四步

图4-29 椭圆形第四步

图4-30 椭圆形第五步

图4-31 椭圆形第五步

五、三角形插花步骤

第一步，插入叶材形成三角形轮廓（见图4-32）。

第二步，在三个角插入花材，并插入焦点花（见图4-33）。

第三步，在三个角间错落插入花材，完成作品（见图4-34）。三角形插花效果见彩图4-34。

图4-32　三角形第一步

图4-33　三角形第二步

图4-34　三角形第三步

六、放射形插花步骤

第一步，插出放射形的基本线条（见图4-35）。

第二步，插入带有鲜花的线条花，以防单调（见图4-36）。

第三步，插入最高一层的花枝（见图4-37）。

第四步，插入焦点花并在焦点周围错落插入花材（见图4-38）。

第五步，插入填充花材，完成作品（见图4-39）。放射形插花效果见彩图4-39。

七、圆面形插花步骤

第一步，用情人草插出圆面形状（见图4-40）。

第二步，用各种填充花插入，布满圆面（见图4-41）。

第三步，最后插入圆心的焦点花（见图4-42）。圆面形效果见彩图4-42。

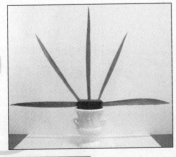

图4-35　放射形第一步

图4-36　放射形第二步

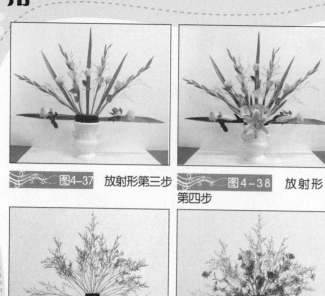

图4-37　放射形第三步　　图4-38　放射形第四步　　图4-39　放射形第五步

图4-40　圆面形第一步　　图4-41　圆面形第二步　　图4-42　圆面形第三步

八、倒T形插花步骤

第一步，用花材插出倒T形的线条（见图4-43）。

第二步，插上焦点花（见图4-44）。

第三步，沿焦点花周围插入相应的配花和填充花（见图4-45）。倒T形插花效果见彩图4-45。

图4-43　倒T形第一步　　图4-44　倒T形第二步　　图4-45　倒T形第三步

九、L形插花步骤

第一步，用线条花材插出L形（见图4-46）。

第二步，插入焦点花（见图4-47）。

第三步，插入适量叶材使L形状丰满（见图4-48）。

第四步，插入适量花材加强立体感（见图4-49）。

第五步，插入小菊花使作品活泼，克服L形的刻板形状（见图4-50）。L形插花效果见彩图4-50。

图4-46 L形第一步

图4-47 L形第二步

图4-48 L形第三步

图4-49 L形第四步

图4-50 L形第五步

十、S形插花的步骤

第一步，用线条花材插出S形（见图4-51）。

第二步，插入焦点花（见图4-52）。

第三步，插入两枝主干花（见图4-53）。

第四步，插入适量叶材使S形状丰满，完成作品（见图4-54）。S形插花效果见彩图4-54。

图4-51 S形第一步

图4-52 S形第二步

图4-53 S形第三步

图4-54 S形第四步

十一、月牙形插花的步骤

第一步，用线条花材插出月牙形（见图4-55）。

第二步，插入焦点花（见图4-56）。

第三步，插入两枝主干花（见图4-57）。

第四步，插入适量叶材使月牙形状丰满，完成作品（见图4-58）。月牙形插花效果见彩图4-58。

图4-55　月牙形第一步

图4-56　月牙形第二步

图4-57　月牙形第三步

图4-58　月牙形第四步

十二、平行形插花的步骤

第一步，用线条花材插出平行形的基本形状（见图4-59）。

第二步，插入小菊花进行适当的装饰（见图4-60）。

第三步，平行插入主花（见图4-61）。

第四步，插入适量叶材和填充花使形状饱满（见图4-62）。

第五步，调整整个画面，完成作品（见图4-63）。平行形插花效果见彩图4-63。

图4-59　平行形第一步

图4-60　平行形第二步

图4-61　平行形第三步

图4-62　平行形第四步

图4-63　平行形第五步

十三、直立形插花的步骤

第一步，用直线形花材定出作品的向上直线（见图4-64）。

第二步，插入两片巴西木叶，使其直中又有一些弧度（见图4-65）。

图4-64　直立形第一步

图4-65　直立形第二步

第三步，插入焦点花（见图4-66）。

第四步，插入适量叶材和填充、点缀花材，完成作品（见图4-67）。直立形插花效果见彩图4-67。

图4-66 直立形第三步　　图4-67 直立形第四步

十四、圆锥形插花的步骤

第一步，用花材首先插出圆锥形的高（见图4-68）。

第二步，用四朵黄百合定出圆锥形的直径（见图4-69）。

图4-68 圆锥形第一步　　图4-69 圆锥形第二步

第三步，用四朵花定出圆锥形的腰部位置（见图4-70）。

第四步，用花材充实底部（见图4-71）。

第五步，用四朵百合的花苞插出圆锥上尖的形状（见图4-72）。

第六步，错落插入花材（见图4-73）。

第七步，整体进行调整（见图4-74）。

第八步，插入叶材填充，完成作品（见图4-75）。圆锥形插花效果见彩图4-75。

图4-70 圆锥形第三步

图4-71 圆锥形第四步

图4-72 圆锥形第五步

图4-73 圆锥形第六步

图4-74 圆锥形第七步

图4-75 圆锥形第八步

第二节 东方式插花方法

一、阶梯形插花步骤

第一步，用花材首先插出作品最高点（见图4-76）。

第二步，插入叶材使之成为阶梯状（见图4-77）。

第三步，插入鲜花并调整叶材，使整体和谐并呈现阶梯形状（见图4-78）。阶梯形作品效果见彩图4-78。

图4-76 阶梯形第一步　　　图4-77 阶梯形第二步　　　图4-78 阶梯形第三步

二、斜下形插花步骤

第一步，用花材首先插出作品的最高点（见图4-79）。注意：最高点不是最长枝。

第二步，插入最长枝并向左下倾斜，也可以向右下方倾斜（见图4-80）。

第三步，插入鲜花并调整叶材，完成作品（见图4-81）。斜下形作品效果见彩图4-81。

图4-79 斜下形第一步　　　图4-80 斜下形第二步　　　图4-81 斜下形第三步

三、下垂形插花步骤

下垂形插花与斜下形插花方法基本相同，但有三点需要注意：

第一点：整个插花作品的最高点，不是枝条，而是花朵。

第二点：最长枝垂直向下。

第三点：所有的配枝均匀分布，不得高于最高花朵（见图4-82）。

四、飘逸形插花步骤

第一步，将最长枝花材插入花器的左边或右边，与桌面平行（见图4-83）。

第二步，在长枝相对一侧的花泥上插入主花（见图4-84）。

第三步，在主花上方插入第二枝花（见图4-85）。

第四步，插入第二枝条叶材时注意：与第一枝条垂直，在第二朵花的背后（见图4-86）。

第五步，加入配花和填充花，完成作品（见图4-87）。飘逸形插花效果见彩图4-87。

图4-82 下垂形插花

图4-83 飘逸形第一步

图4-84 飘逸形第二步

图4-85 飘逸形第三步

图4-86 飘逸形第四步

图4-87 飘逸形第五步

五、水平形插花步骤

第一步，水平插入花材，形成水平状（见图4-88）。

第二步，在短枝方向插入两枝花朵，垂直于水平的叶材（见图4-89）。

第三步，沿水平方向插入叶材，加强形状的立体感（见图4-90）。

第四步，插入数枝小花点缀（见图4-91）。

第五步，插入叶材高山积雪，调节色彩（见图4-92）。

图4-88 水平形第一步

图4-89 水平形第二步

图4-90 水平形第三步

图4-91 水平形第四步

图4-92 水平形第五步

六、上散形插花步骤

第一步，首先插入最高点枝条（见图4-93）。

第二步，插入较为和谐的花材，使主线条更加丰富与丰满（见图4-94）。

第三步，在底部插入花朵，注意：最少要插两枝，否则显得单调（见图4-95）。

第四步，整理作品，将上散的线条加强（见图4-96）。上散形作品效果见彩图4-96。

图4-93　上散形第一步

图4-94　上散形第二步

图4-95　上散形第三步

图4-96　上散形第四步

七、直上形插花步骤

第一步，放置花泥时注意，花泥要低于花器1～2指（见图4-97）。

第二步，插入最长花枝（见图4-98）。

第三步，插入中长花枝，与第一枝形成30°～40°的夹角，要高低错落（见图4-99）。

第四步，插入几枝叶材，均需与整体直上相符（见图4-100）。

第五步，插入中下部花材（见图4-101）。

第六步，插入相应叶材，注意应用花材打破花器边缘的整体暴露，简称"破边"（见图4-102）。

图4-97 直上形第一步

图4-98 直上形第二步

图4-99 直上形第三步

图4-100 直上形第四步

图4-101 直上形第五步

图4-102 直上形第六步

八、舞袖形插花步骤

第一步，上下插入有弧线形的两枝线条花材（见图4-103）。

第二步，插入焦点花（见图4-104）。

第三步，插入两枝较短枝条，加强弧线感（见图4-105）。

第四步，沿弧线插入数枝花朵（见图4-106）。

第五步，插入填充叶材，完成作品（见图4-107）。舞袖形插花效果见彩图4-107。

图4-103　舞袖形第一步　　图4-104　舞袖形第二步

图4-105　舞袖形第三步　　图4-106　舞袖形第四步　　图4-107　舞袖形第五步

九、旋转形插花步骤

第一步，插入两枝曲折的枝干，注意方向一致（见图4-108）。

第二步，插入第三枝枝干，注意借助枝干的曲折破边（见图4-109）。

第三步，插入两枝花朵，作品完成（见图4-110）。旋转形插花效果见彩图4-110。

图4-108 旋转形第一步　　图4-109 旋转形第二步　　图4-110 旋转形第三步

第三节　插花的创作基础

一、插花创作常识

插花艺术创作，是指设计并插制出前所未有的插花作品。插花作品的创作是一种精神生产活动。插花作者通过插花的手法、技巧组成插花艺术语言，将自己的生活体验、情感思绪以及个性好恶等，转化为具体、生动、可观、可触的插花艺术形象显现出来。插花创作常识有以下几个方面。

（1）熟悉花材　花材是插花的基本材料，进行插花创作必须熟悉各种花材。本书专门讲了花材，并根据插花内容，对花材简单分类，请见本书"第一章　第一节　认识花材"的内容。

（2）熟知花语　花语在插花中是指人们将花材的色、形、质等比附成人的意愿，逐步使花材具有了人类社会性。简单说，花语就是花的语言。

进行插花创作，熟知花语很有必要，花语内容请见本书"附录一"。

（3）了解关于花的常识　还有一些关于花的常识，需要读者了解，本书后备有附录备查。主要包括：节日用花常识，请见"第五章　第二节　礼仪插花内容"；中国十大名花，请见"附录二"；送花禁忌，请见"附录三"；部分国家的国花与中国部分城市的市花，请见"附录四"。

二、插花设计常识

进行插花设计时首先要掌握各种插花的特点，只有掌握了特点才能很好地进行后面的步骤；设计时还要会灵活运用前面讲过的各种基本形状，这就要求熟练掌握23种基本形状；花朵的色与形不容忽视，搭配不同其效果也会大不一样。下面分别讲述。

1. 掌握东西方插花的特点

（1）西方插花艺术的主要特点

A. 色彩丰富鲜艳

西方式插花讲求色彩丰富而和谐，常用各种颜色的花材来表现作品的块面和群体艺术效果（见图4-111）。鲜艳的艺术风格，表现出热情开放的审美情绪（见图4-112）。在西方式插花中色彩的表现十分重要，无论摆置于何处，都是引人注目的焦点，其色彩光艳夺目，以色取胜。

B. 几何块面对称

西方式插花的外形多为几何形状，其外形构图由最外围的顶点连线组成，通常包括花材的形状和整体图案的形状。呈现出的形状为插花作品的花形（见图4-113），之后也有不对称形出现如月牙形（见图4-114）等。

C. 花材量比较多

这一特点是与中国和日本插花相比较而言。中国和日本的传统插花艺术，讲究插花作品中的每一朵花、每一片叶的充分展示。西方传统式插花则不然，往往使用众多的花朵造成几何形状，叶材只是用来遮挡花泥或辅助造型。整个作品色彩艳丽、花材众多，使人产生强烈的视觉感受（见图4-115，彩图4-115）。

（2）东方插花艺术的主要特点

A. 色彩素雅清淡

与西方式插花相比，东方式插花较为素雅清淡（见图4-116，彩图4-116）。少有多彩艳丽的画面出现。

图4-111 春色满园
（何云湘）

图4-112 色彩鲜艳的
西方式插花

图4-113 西方式
插花-花形

图4-114 月牙形插花

图4-115 西方式插花-花材

图4-116 东方式插花-色彩

B. 崇尚自然形状

东方式插花崇尚枝叶的自然态势，经常利用枝叶的自然走向创作作品（见图4-117）。

C. 花材用量较少

东方式插花注重委婉地表达情愫，不讲求张扬。因此，花朵点到为止，讲究意境的表达（见图4-118）。

图4-117 东方式插花-形状

图4-118 草花（张扬）

2. 灵活运用各种基本的形状

插花作品的形状创作基础是本书第二章讲过的东西方各式插花形状。初学创作者应熟练掌握基本形状，在此基础上不断进步。如作品《花浪》（见图4-119），是由两部分组成，上部是直上形插法；下部是月牙式插法，两部分融为一体，形成一个新的作品。这是比较简单的创作手法，有时需要用多种形状组合，创作出

3. 花朵色彩搭配的不同效果

同样的叶材、同样的花器、同样的造型、同种的花材，由于花朵的颜色不同会产生不同的审美效果（见图4-120、图4-121）。比较图4-120和图4-121，同样的花器、叶材、造型，鲜花也是同一类，只是颜色不同。桃红色花朵的作品给人以妩媚艳丽和外向的审美感受；而淡黄色花朵的作品则给人以淡雅清丽和含蓄的审美感受。

图4-119 花浪

图4-120 桃红色花朵

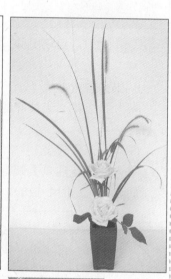
图4-121 蛋黄色花朵

4. 花朵形状搭配的不同效果

同样的叶材、同样的花器、同样的造型，由于花朵的形状不同也会使人产生不同的审美感受（见图4-122、图4-123）。比较图4-122、图4-123，同样的花器、叶材、造型，仅是花朵的形状不同，图4-122是圆面花朵给人以坦率、清晰的审美感受；图4-123是块状花头给人以沉甸、无尽的审美感受。

三、创作原则

1. 上下有序

上下有序是要求作品所用花材浅、轻、薄在上；深、重、厚在下。作品《螺声》（见图4-124）的构图，以海螺为花器，螺声悠悠由近而远、由下向上、由大渐小，作品中大朵的太阳花怒放——螺声响起；两朵小巧精致的粉红色多头康乃馨——描述着声音的美好与温馨；叶材摇曳——展示了螺声飘向远方、升上天空，由海风送到大海那端。作品上下次序合理，轻重薄厚到位。

图4-122 圆面花形

图4-123 块状花形

图4-124 螺声

2. 相对呼应

相对呼应是指插花作品上下、左右要有联系，使作品有整体感。作品《秋》（见图4-125）以黄色为主色调绘出秋天的颜色；几枝浪花般的卷叶上下呼应——南方的稻浪、北方的麦浪，还有那沉甸甸谷穗……收获的季节到来了。

3. 疏密有致

疏密有致是指插花作品的花材在空间上要安置得当，过疏过密都会影响整个作品的构图。作品《光荣岁月》（见图4-126）整体构图上疏下密。疏处可以跑马、密处不能透风，使作品显得稳定妥当。

4. 高低错落

高低错落是指插花作品中的花材需前后有层次、上下要错开、避免平面化，使人产生自然立体的审美感受（见图4-127）。花朵要错开插在相应的位置，不得碰头，使每一朵花都能够充分展现自己的风采。

图4-125 秋

图4-126 光荣岁月

图4-127 花朵错落

思考题

判断以下作品属于哪种插花的基本类型。

1.《扇舞》2.《乘风破浪》3.《群飞》4.《月亮船》5.《雅趣》

作业图4-1 扇舞（何云湘）

作业图4-2 乘风破浪（何云湘）

作业图4-3 群飞
（何云湘）

作业图4-4 月亮
船（何云湘）

作业图4-5 雅趣
（何云湘）

第五章　插花作品的日常应用

第一节　礼仪插花

礼仪插花指用于各种社交礼仪中的插花。它既是插花，也是对花的艺术造型设计，组成既有象征意义，又有内在情愫，同时兼顾实用性的艺术作品。

一、胸花

适用场合：胸花多为了说明或衬托来宾的身份，或者表现或热烈欢快，或肃穆悲哀的气氛。

选择花材：通常选用玫瑰、兰花、康乃馨作为主花，配以满天星等（见图5-1）。

注意事项：① 制作时要注意佩戴者出席的场合；② 胸花衬叶中间高一些，两边低一些，保持花脚的干净；③ 丝带宽度要与胸花宽度相等。

图5-1　胸花

二、头花

适用场合：头花一般是出席隆重场合时所佩戴的饰品。

选择花材：常用玫瑰、百合作为主花，配以满天星作为装饰。

注意事项：① 如果新娘手捧花束或佩戴胸花时，选择头花时一定要注意与花束的整体协调；② 头花只露出花头，不可看见花枝；③ 头花周围要配以绿叶，起到画龙点睛的作用，但不要喧宾夺主。

三、花篮

花篮：布置喜庆宴会、迎送宾客、庆贺开业或演出成功等活动时，一般会送上花篮以表祝贺。

选择花材：多用色彩丰富花型较大的百合、牡丹、月季、非洲菊等，烘托出热闹隆重的气氛，显示出富有、豪华的气派；另一种为悼念活动用花篮，要以素色花卉插制为宜。

注意事项：① 如果插的是一个长柄花篮，可以在篮柄上用彩带扎上一个蝴蝶结作为装饰；② 制作生日花篮，可以在花篮里留出一块空地，放入精美礼品；③ 赠送花篮时，往往是委托花店代送，显得更为得体。

四、花束

适用场合：花束造型多变，颜色搭配丰富，并且携带方便，因此深受人们的欢迎，在多种场合中均可出现。日常花束多简单实用，一般分单面花束、圆形手捧花束（见图5-2）两种；婚礼花束多华贵雍容，一般分为圆形、椭圆形、瀑布形、花环形、月牙形、球形和枝权形七种。另外，为花束加包装纸和彩带也十分重要，如同好花必有绿叶扶一样。一般采用的包装纸多为手揉纸、塑料纸、无纺布、丝缎等，彩带一般编织成简易丝带状、蝴蝶状的法国结（见图5-3）或花球（见图5-4）。

注意事项：① 单面花束为披针形，不要摆成扇面状；圆形手捧花在制作时注意在加入花枝时要不停地转动花束，使每一枝花束保持螺旋状；② 花与花之间应有适当距离，中间宜适当装饰配叶，以突出花朵的优美姿态；③ 花束握柄处粗细要适宜，其长度以15cm左右为宜。

图5-2　花束　　　　　图5-3　法国结　　　　　图5-4　花球

五、花车制作

花车：在特殊的日子或场合需要使用经过鲜花装饰的车辆。花车一般由车头花、车门花、花车镶边三部分组成；高档花车可装饰车顶、车尾。

选择花材：根据礼仪风俗的不同，对车辆的颜色、花的颜色及品种都有不同的要求。如果以西式风格为主，一般用白色的车辆，主花多选择粉色的玫瑰，浅色的康乃馨或紫色的兰花，切忌大红大紫，过分张扬；如果以中式婚礼为主，可以选择黑色、红色、黄色的车辆，花卉以红色的玫瑰，黄色的非洲菊交相辉映，还可以用鲜红的火鹤作为点缀，整体感觉色彩艳丽，红红火火，美满幸福。

注意事项：① 吸盘质量：如果吸盘质量不好，吸盘掉下来，就会出现尴尬的局面；② 车头花高度：车头花不得高于30cm，否则容易挡住司机视线。

六、壁花制作

壁花是装饰墙面的一种活体。壁花一般用吸盘固定，制作难度较大，但产生的趣味却不同凡响（见图5-5）。

选择花材：选择对比鲜艳、片状的花材为佳，可达到较好的仰视效果。

注意事项：① 插花形式多为线条式，骨架呈S形、下垂形为佳；② 要注意对花的保鲜。

图5-5　壁花（张扬）

七、腕花和肩花

适用场合：腕花与肩花通常在搭配礼服时使用，以示隆重，并衬托佩戴者优雅的仪态。

注意事项：① 要与所穿礼服在颜色与材质上相搭配；② 腕花与肩花通常制作小巧简练，切忌臃肿累赘。

第二节　节日插花

节日插花是在节日期间制作的具有美好寓意的花篮、花束等。如今送花已成为现代都市青年间流行的一种时尚，尤其是在节假日，送花更是家常便饭，但是，节日送花是有讲究的，并不是任意一束都能送任何人的。

一、春节

春节是我国人民和东南亚各国人民一年中最为喜庆的节日，在节日里常用鲜花装饰厅堂，以示新春吉庆、祥和、幸福（见图2-53）。

选择花材：春节家庭插花一般要选择颜色艳丽、明快的花材（如图2-21），如松枝，代表葱郁坚贞；鹤望兰代表松鹤延年；腊梅，象征坚骨傲寒，浓香宜人；

图5-6　清明祭祀花篮

水仙花，亭亭玉立、新年瑞兆吉祥；百合，象征万事如意、百年好合。

另外，还可以配置一些如爆竹、水果礼物之类的装饰品来烘托气氛。

二、清明节

清明节是人们哀悼逝者的日子。"清明时节雨纷纷，路上行人欲断魂"，这首诗充分显露出我国人民在清明节时思念故人，哀悼去者的悲伤情绪，因此一般选择颜色素净，香味素雅的花作为主要花材（见图5-6）。

选择花材：白（黄）菊花、白百合、马蹄莲表示哀悼；白玫瑰、栀子花、白莲花象征惋惜和怀念。

注意事项：① 年长者过世，可适当增加红色、粉色鲜花的比例，这些温暖的颜色能够体现后辈对长者绵绵的思念之情；② 一般不要用带有浓郁香气和鲜艳颜色的花。

三、中秋节

中秋节为每年的农历八月十五，是全家欢聚一堂的金秋时节，主要活动围绕"月"展开，如祭月、赏月、吃月饼等。

选择花材：插花应注意突出秋意和团圆，所以多选用芒草、稻穗或其他成熟的水果以表示秋天的景色，百合花也应用得比较广泛。除此之外，还可选用桂枝，代表学识渊博；桔梗，代表纯洁；石楠花，庄重；胡枝子，象征优雅；百合，百事好合；柿子，事事如意；石榴，多子多福。

四、儿童节

儿童节为每年的6月1日，是孩子们特别高兴的日子，这一天充满了欢歌和笑语。

选择花材：插花花材应五颜六色，具有积极向上的寓意，如把仙客来送给小朋友，是祝愿其生活快乐，无忧无虑；大花葱送青少年或小朋友，祝愿其越来越聪明，越来越有智慧。

注意事项：① 应该体量小，总体看其形式应活泼、多样，以适应儿童的心理要求（见图5-7）；

图5-7　儿童节插花

② 有时还直接选用文具（如笔筒、水彩盘、笔盒等）、玩具（如船、坦克、汽车、巨人鞋模型等）或生肖作插花容器或道具，寓意好好学习，立志未来等。

五、教师节

教师节：每年的9月10日，是对老师的无私奉献表示感谢的日子。

选择花材：一般把老师比作慈母，所以延续了母亲节送的花，也选择康乃馨赠送老师（见图2-22）。除此之外，还可选用木兰花，灵魂高尚的寓意；蔷薇枝，代表严肃（朴素）；蔷薇花冠，象征美德；悬铃木，代表才华横溢。

六、母亲节

母亲节：每年5月的第二个星期日，是为了赞美与感谢母亲而设定的节日。

图5-8　母亲节花束

选择花材：通常以大朵的康乃馨作为母亲节的用花，用康乃馨的层层花瓣代表母亲对子女绵绵不断的感情。除此之外，还可以用凌霄花与冬青、樱草放在一起，寓意慈母之爱；用非洲菊配以文竹等，扎成以红色为主线的花束，表示温馨的祝福，也可选择粉色的玫瑰等。

注意事项：康乃馨的不同颜色表现不同的寓意与祝愿，如粉色康乃馨，粉色是属于女性的颜色，含有祝福母亲永远年轻的寓意（见图5-8）；红色康乃馨，用来祝愿母亲健康；黄色康乃馨，代表对母亲的感激之情。

七、父亲节

父亲节定于每年6月的第三个星期日，是传达儿女对父亲的崇敬和热爱的日子。

选择花材：许多国家把黄色视为男性的颜色，我国也不例外，因此在父亲节时，一般将黄颜色的花作为所送插花的主花，尤以黄色的玫瑰最为普遍。另外还可选用石斛兰，这是"父亲之花"，代表坚毅与勇敢；柳条，坦率、坦诚；葡萄，代表博爱、宽容；茴香，代表力量。

八、情人节

情人节：每年的2月14日为情人节。

选择花材：通常在情人节里以表现爱情与忠贞的玫瑰作为主要花材。将娇艳的红玫瑰搭配上新鲜的绿叶，结成花束后再用彩带系上一个翩飞的蝴蝶结，可以

图5-9 情人节花束
（张扬）

说是情人节的最佳礼物（见图5-9）。

注意事项：

玫瑰花的数量代表着所要表达的心意，请见"附录1花语"。

九、圣诞节

圣诞节定在每年的12月25日，是纪念耶稣基督诞生的节日，同时也是普通人庆祝的世俗节日。

选择花材：现在的圣诞节，通常以一品红、红掌和麦穗作为圣诞花。

注意事项：① 插花作品构图多用不等边三角形，线条灵活；② 可以用圣诞老人、蜡烛作为配件。

第三节　其他礼仪用花

特殊礼仪用花：是指用在特殊的日子或场合，用来增加气氛、表达心情的插花形式，根据使用场合、用途的不同，礼仪插花可分为花束、花篮、桌花等多种形式。

一、生日

选择类型：生日送花时花篮、花束都可以。

选择花材：寓意美好的花材都可选用。

注意事项：身份与年龄不同，在其生日时所选用的花材也不同。① 父亲生日：黄玫瑰为主的花束、花篮。② 朋友生日：以红色花为主的花束、花篮，寓意火红年华。③ 老人生日：可选择万年青、鹤望兰、松枝为主的花篮，寓意永葆青春，松鹤延年。④ 爱人生日：可送玫瑰，百合、郁金香、勿忘我等。⑤ 母亲生日：可送康乃馨为主的花束、花篮。

二、乔迁

选择类型：乔迁一般赠送花篮，这样显得隆重一些，且放置时间长，象征安稳，顺利（见图2-23）。

选择花材：多选择颜色艳丽的花朵作为主要花材，并插有代表吉祥、好客、自由、归巢的鹤望兰。

三、接人

选择类型：在车站、机场等接人时以赠送花束为宜，并多为捧起来方便的单面花束。

选择花材：选择较多，可投其所好。

四、开业典礼

选择类型：一般选用1.8米左右的花篮，上面缀有写着吉祥祝语的条幅。

花材：花材一般以大红、大黄两色为主搭配，烘托出热闹喜庆的氛围，也可直接送发财树，取生意兴隆，恭喜发财之意。

五、看望病人

选择类型：花束或花篮都可以，多为淡雅的艺术插花。

选择花材：一般选用剑兰、康乃馨，取剑兰的"健"，康乃馨的"康"所表达的意思（见图2-23）。

注意事项：给病人送花有很多禁忌需要注意。① 探望病人时不要送整盆的花，以免病人误会为久病成根；② 不要送香味很浓的花；③ 山茶花容易落蕾，被认为不吉利；④ 颜色太浓或鲜艳的，会刺激病人的神经激发病痛。

六、探望产妇

选择类型：可选择花篮或花束。

选择花材：宜选用大红、粉红色的康乃馨、月季，以表现对女性的尊重，配以文竹、满天星，以祝幸福、健康。

七、演唱会

选择类型：因舞台较大，演唱会宜送大方或夸张的花束，如摆在舞台上可选择花篮。

选择花材：多选择颜色淡雅的花材，以免太浓艳与演员的服装或造型不和谐。

注意事项：演唱会的观众一般是较为新潮的年轻人，因此可设计得比较前卫，彰显个性。

八、会议

选择类型：会议插花一般选用四面观的西式插花形式。

选择花材：选材要新鲜、艳丽，在开花时不要产生异味和浓香。

注意事项：① 要根据会议内容和会议档次决定对插花的设计；② 高度不要遮挡住双方交谈的视线；③ 大型会议桌可在中间空位插制焦点花；④ 会议室主席台

位一般插制三面观的三角形插花。

九、宴会

选择类型：餐桌插花有镂空插花设计和平铺圆台花设计（见图2-19）。

选择花材：因为餐桌是供人用餐的地方，应选用无刺激、无异味、无病虫害的鲜花。

注意事项：① 根据宴会主题和酒店档次来设计制作；② 一般不超过30cm，设计时要注意不要挡住客人的视线；③ 大型宴会桌可在中间空位插制焦点花。

十、婚礼

选择类型：一般会选择花束送给自己的亲朋好友，表达自己的美好祝福，也可选择礼盒插花（见图2-57）。

选择花材：选择带有吉祥花语的花材，取"百年好合，相爱永远"之意，如白百合，象征完美，百年好合；红掌，代表天长地久；合欢，象征夫妻相爱；常春藤，忠诚，白头偕老；薄荷，感情热烈；牵牛花、石竹，代表爱情永结；山茶，真爱；勿忘我，代表永恒的爱；五爪龙，你俩共一生。

图5-10　祭祀花束

十一、丧事

选择类型：花篮、花束、花圈都可以。

选择花材：一般以白色、黄色的菊花或其他素色花为主，象征惋惜怀念之情，可搭配紫色花（见图5-10）。

第四节　生活插花

生活插花是指人们在日常生活中的插花活动。生活插花比较随意，利用身边常见常用的物品都可以插花，以美化自己的日常生活。生活插花主要有家什插花和果蔬插花。

一、家什插花

利用家中的盆、碗、盘、酒杯、瓶子作为花器，进行插花。

作品《瓷香》（见图5-11），用了家中普通的盘子进行插花，将花材摆放在一个青花瓷碟上，青花瓷独特的花纹与花材融为一体，相得益彰；作品《美·酒》（见图5-12）用高脚酒杯插入一枝玫瑰，再用几颗葡萄珠放入杯内，既可以固定花材又可表达葡萄美酒的浪漫情怀；作品《食为天》（见图5-13），以饭盒为花器，以筷子、勺叉拉线条，加上几枝花朵，一个充满生活气息的插花作品完成了；作品《清白图》（见图5-14），用家中的废旧镜框架，把插花作品框住，图画般的效果就出来了；作品《酒香》（见图1-125）是用空酒瓶为花器插制的作品，酒瓶柔和的线条曲线与花材的直线相互调节，使作品刚中有柔，柔中有刚；作品《村姑》（见图5-15）一派乡土气息全凭一块花布，亮丽的布色与浓艳的花材相互映衬，描绘出一幅乡村闺房的图画；作品《乡风》（见图5-16）也是具有乡土气息的作品，以簸箕为背景前面是一个L形插花，但给人的感受并非西方味道，而是朴朴实实的乡村美感，这一作品中簸箕起了很大作用；常用的化妆品放置时亦可插上几枝花，成为生活中的一个小小景致（见图5-17）。

图5-11 瓷香（何云湘）

图5-12 美·酒（张扬）

图5-13 食为天（何云湘）

图5-14 清白图（张扬）

图5-15 村姑（张扬）

图5-16 乡风（何云湘）

图5-17 小趣

二、果蔬插花

　　家家都有水果与蔬菜，用水果和蔬菜插花别有一番情趣（见图3-50）。作品《夏甜》（见图5-18）用西瓜皮为花器，用清淡颜色的花材，插出一派清凉夏日的景致；作品《好日子》（见图5-19）用一篮子蔬菜，插出了普通百姓们清淡而又健康的日常生活。

图5-18 夏甜

图5-19 好日子（何云湘）

思考题

一、指出以下作品运用了哪些生活器具作为花器。

1.《酒花》2.《品茗》3.《起航》

二、鉴赏以下插花作品。

4.《春江水暖鸭先知》5.《节节高升》6.《开屏》7.《边框》8.《沐浴》

作业图5-1　酒花（何云湘）

作业图5-2　品茗（何云湘）

作业图5-3　起航（何云湘）

作业图5-4　春江水暖鸭先知
（何云湘）

作业图5-5　节节高升（何云湘）

作业图5-6　开屏（何云湘）

作业图5-7　边框（何云湘）

作业图5-8　沐浴（何云湘）

参考答案

第一章

1.《农家乐》：该作品分别使用了月季、康乃馨等花材，用竹篮做花器，以辣椒、玉米、花布、木窗等作为辅助材料。该作品充满着浓郁的乡村风情，一串辣椒，一把玉米，还有那挂着花布的木窗，无不体现农家生活的乐趣。

2.《丰收》：该作品所用的花材有百合、月季、大叶黄杨，以竹篮作为花器，辅助材料有水果。两枝百合和满筐水果表现出丰收的喜悦，颜色运用以红色为主，表现出喜庆的气氛。竹筐体现了农家的生活，整幅作品体现出农村人们的生活像水果一样甜蜜。不足之处在于一枝孤立的大叶黄杨略显单调。

3.《芳草萋萋》：该作品以小菊花、狗尾巴草为花材，以玻璃花瓶为花器。花器的聚，花材的散，一聚一散，形成了鲜明的对比，整个作品显得活力十足。几朵小花点缀其间，使层次更加丰富，增加了作品的美感。

4.《荣枯》：该作品使用了月季、芦苇等花材，花器是一个陶制花器。作品运用对比的手法，将花朵的"荣"、干芦苇的"枯"形成对比，仿佛在告诫人们：时光易逝，要珍惜大好年华。

5.《相伴》：该作品使用了太阳花、小菊花等花材，花器为陶制花器。两朵太阳花，就像恋人一般，互相陪伴着对方，十分温馨。

6.《鲜果飘香》：作品将水果和百合花作为主要花材，鲜艳的百合，香甜的水果，让人垂涎。

7.《花儿香》：该作品使用了月季、康乃馨、大叶黄杨、紫藤等花材，花器为竹篮。

第二章

一、1.《悠然》：该作品中紫色的小菊花是冷色，右侧红色花材为暖色，冷暖色是对比色。相对的两色相对集中，而且用量有差异，符合色彩搭配规律。

2.《青春岁月》：该作品花朵的颜色为桃红色。桃红色代表着青年人的朝气和活力。

3.《村歌》：该作品是相似色的搭配。

二、4.《欢乐的节日》：该作品近似西方式三角形插花，首先用剑兰插制成三角形轮廓，再用粉红色的百合和月季以及金黄色的太阳花表现喜庆的氛围，给人一种欢乐的感受。但是花朵之间间隔过小，花朵不能充分伸展，显得很拥挤。

5.《捧月》：该作品是东方式阶梯形的插花作品，黄色的大月季在中间，其他的花朵围绕在旁边，仿佛众星捧月般。缺点是阶梯形不够明显，花朵稍显凌乱。

6.《舞》：该作品是东方式舞袖形的插花作品，整幅作品就像一个少女正伸展着双臂翩翩起舞。

7.《生长》：该作品是西方式L形的插花作品。颜色搭配协调，造型优美，剑兰给人一种生命向高处生长的感觉。

8.《袅袅》：该作品属于东方式直上形的插花作品，以龙柳来表现一种轻柔的感觉，仿佛是一缕袅袅的炊烟，从花丛中缓缓升起，尽显田园风情。另外，花材的颜色搭配也很协调，花朵错落有致，枝叶舒展，与主题十分契合。美中不足是龙柳只用了一条，上部略显单调。

9.《山色》：该作品是东方式上散形的插花作品。

第三章

1.《伸展》：该作品使用了花泥包裹技巧，是用纸包裹花泥制作的插花作品。散尾葵的枝叶自如地伸展着，每一朵花也舒服地探着头，给人一种无拘无束的感觉。

2.《海螺》：该作品使用了遮挡花泥技巧。将花材插在一只海螺上，花器选择很有新意。但由于海螺内部空间较小，导致花材插制空间不足，作品显得比较单薄。另外，由于海螺是镂空的，虽然已经用纸包裹了花泥，但露出来的纸还是影响了美观。

3.《花镜》：该作品使用了剑山。作品运用点、线、面相结合的手法，百合花是点，迎春花枝条是线，圆盘是面，而且点、线、面是紧密联系的，而不是相互孤立的，形成了一个有机整体。花镜是花的镜子，花也和人一样，让人联想到"云想衣裳花想容"的诗句。

4.《捆绑爱情》：作品采用捆绑的方式，将枝条捆成一束，再将两朵鲜花插在其中，以鲜花代表爱情，将无形的爱情化为有形的花朵，把爱情捆在一起。作品给人一种压抑、约束的感觉，似乎在说明爱情不能强求，这样即使得到了爱情也不会是幸福的。

第四章

1.《扇舞》：该作品是东方式直上形的插花作品。用一把折扇作为道具，和花材融为一体，犹如一位挥动着折扇起舞的少女。

2.《乘风破浪》：该作品是西方式L形的插花作品。运用一个船形的花器，突出了"乘风破浪"的主题。马兰的自然弧线把狂风大作形象地表现出来，而石斛兰紫色的花朵显得沉稳、坚毅，表现出面对风雨绝不退缩的勇气。作品整体呈现出迎接风雨、乘风破浪的意境。

3.《群飞》：该作品是东方式阶梯形的插花作品。那一片片竹叶仿佛是翩翩起舞的蝴蝶，在花丛中自由自在地飞舞着。

4.《月亮船》：该作品是西方式月亮形的插花作品。作品用狐尾天冬勾勒出月亮的弧形，让人一目了然。色彩搭配采用粉色、淡紫色等类似色，显得和谐统一。花泥遮盖得当，花朵大小配置合理。美中不足是右侧的叶材稍显密集，显得有些压抑。

5.《雅趣》：该作品是东方式上散形的插花作品。作品以白色和绿色作为主色调，显得十分淡雅。

第五章

一、1.《酒花》：该作品的花器是一个小型的木质酒桶，将花材插制在桶内，别出心裁。花朵大小配置协调，颜色搭配合理，显得活泼、有生气。同时，这幅作品是多面观插花，无论从哪个角度看，都是一个完整的作品。

2.《品茗》：该作品用茶壶和茶杯来创作，充分利用了日常生活用品。五只茶杯规则地放在一起，显得很有韵律。

3.《起航》：该作品以西瓜为船，以散尾葵的叶子作帆，为我们描绘了一幅扬帆千里的画面。

二、4.《春江水暖鸭先知》：该作品向我们描绘了一幅春暖花开、冰雪消融的美景图。五颜六色的花朵以及迎春花的枝条代表春天来了，在刚刚融化的河水里，一只鸭子在无忧无虑地享受着这美好的春光，似乎是它最早知道春天的暖意吧。

5.《节节高升》：该作品运用竹子和蒲棒来表现节节高升的美好寓意，同时加上了文竹作为装点，文竹的花语是鸿鹄将至，与节节高升呼应。但是主花的颜色与花器的颜色相同，不能凸显出来，而且颜色太浅，给人头重脚轻的感觉。

6.《开屏》：该作品利用了花材本身的外观形态表现出开屏的主题，完整地保留了花材的自然美。同时用龙柳拉出线条，使作品层次丰富。不足之处在于左侧的栀子叶，原本是为了保持整个作品的平衡感，但实际上无异于画蛇添足。

7.《边框》：该作品运用一个边框作为主要构景，给人以稳定、扎实的感觉。左上角和右下角的黄色月季遥相呼应，使作品形成一个有机整体。大小花朵配置得当，显得活泼可爱。作品创作的难点在于左上角的花泥固定，必须先用绳子绑定好花泥，才能插上花材。

8.《沐浴》：作品主要表现花朵和叶子在太阳下尽情享受阳光的情形。每一朵花都朝着太阳，沐浴在这温暖的阳光下，连叶子都舒舒服服地伸展着，给人一种舒适、愉悦的感觉。作品虽然简单，但表达的意思很清楚。不足之处在于花材较少，显得比较单薄。

附　录

附录一　花语

一、花语的特性

1. 意愿性

意愿性是花语的首要特性。人人都希望得到幸福，都希望能交上好运，但是由于社会生产力水平和个人能力大小的制约，期望总是高于现实。于是人们把自己的这种美好期望，寄托在了同样美好的花朵上，所以鲜花花语的内容就是希望人们能够实现某种美好的意愿。由此，不同的鲜花就被人为地赋予了各种不同的寓意。

比如百合花，百合花的花语是：吉祥、圣洁、纯洁、百事合心、百年好合。千百年来，人们都希望百事合意，夫妻百年好合，百合花的花语正体现了这一点。再如桃花，桃花是美好生活的象征，这缘于陶渊明的《桃花源记》，能在世外桃源生活，是很多人的意愿。

2. 象征性

鲜花的象征性，是指鲜花与表达的花语内容具有象征意义，体现的是：仿佛是什么，好像是什么。人们根据不同鲜花的性质、特点，将其与某种具有类似特点的美好意愿结合起来，这种象征性正体现了花语是人们对鲜花寄情的结果。

比如菊花，能治头风、明耳目，可以使人延年益寿，所以菊花象征健康长寿。又如荷花，她"出淤泥而不染"，高洁无瑕，所以荷花象征纯洁。

此外，也有人将自己比作鲜花，通过歌咏鲜花来表达自己的人生理想，达到托物言志的目的，这也是一种象征。比如龚自珍《己亥杂诗》中的"落红不是无情物，化作春泥更护花"，落花有情，死而不已，化作春泥也护花。诗人以落花有情自比，表达自己虽前途不畅也不忘报国的情怀。

3. 诗画性

鲜花之所以深受人们喜爱，除了其本身鲜艳的色彩、迷人的芬芳和多变的姿态，还在于千百年来文人墨客笔下的那些优美、华丽的诗句和形象、生动的书画的咏喻。这些诗与画，形成了花语独具魅力的诗画性。文人墨客的精心创作，不仅塑造了鲜花形象的高度，同时也揭示了花语含义的深度。

宋代理学家周敦颐的《爱莲说》，为人们塑造了一个"出淤泥而不染，濯清涟而不妖"的君子形象。唐代李正封诗："国色朝酣酒，天香夜染衣。"牡丹就有了"国色天香"的美誉。伟大领袖毛泽东的《卜算子·咏梅》中，对梅花大无畏精神描写的诗句"已是悬崖百丈冰，犹有花枝俏"脍炙人口，梅花的花语是"斗雪迎春"，因为梅花开放在严冬时节，梅花的花语激励人们去战胜严寒，迎接绚丽的春天。

南宋画家郑思肖，他是一位伟大的爱国者，以画兰出名，并以画兰寄托爱国之情。有题兰诗曰："纯是君子，绝无小人。"正是他的自喻。他画兰花却不画土，用意是寄托亡国之情。他有言："国土之不存，兰根焉能着地。"

4. 地域性

花语有极强的地域性，由于历史、宗教信仰、民族风俗以及审美观念等方面的不同，各个国家和地区都有各自的花语，故不可以偏概全。而在送人鲜花的时候，也要根据不同的情况来挑选，否则就会造成不必要的尴尬和误解。

在我国，菊花深受老年人喜爱，因为菊花有长寿和高洁之意，重阳节的时候，人们会赏菊、喝菊花酒。可是在西方，菊花被认为是不吉利的，因为菊花代表哀悼，只能用于丧葬场合，更不能送人。在广东、香港等地，由于方言的关系，送花时尽量避免用剑兰（见难）和茉莉（没利）。瑞士人认为红玫瑰带有浪漫色彩，所以，送花给瑞士朋友时不要随便用红玫瑰，以免误会。

5. 传承性

鲜花花语不是一朝一夕就能产生和流传开来的，而是在人们持续的生活实践、社会交往、文化传播中逐渐形成的。在经过千百年的融合之后，形成了花语独特的历史文化积淀，这就是花语的传承性。如今使用的花语，大都是前人总结和流传下来的，我们所能做的，就是在发扬传统的过程中争取充实其内涵，而这也只能在长期的积累中得以实现。

花语的传承性，主要表现在其过去与现在内容的一致。比如牡丹，最能代表富贵。唐代白居易诗"一丛深色花，十户中人赋"，道出了牡丹花的身价。宋代周敦颐称牡丹是"富贵者也"。直到现在，牡丹也是最能代表富贵的花。

二、常见花卉的花语

1. **梅花花语**：高洁、坚毅、独立、忠实。
2. **牡丹花语**：富贵、欢乐、美丽、自洁、幸福、羞怯。
3. **兰花花语**：清高、圣洁、君子、虔诚、喜悦、友谊的象征。
4. **荷花花语**：高洁、神圣、清纯、纯洁的爱、君子。
5. **山茶花花语**：美德、谦逊、质朴、卓越、魅力。
6. **杜鹃花语**：爱的快乐、鸿运高照、繁荣、事业兴旺、奔放、清白、忠诚、思乡。

7. **月季花语**：爱情、真情、深情、美丽。

8. **桂花花语**：富贵、吉祥、灵性、吸入你的气息。

9. **水仙花语**：纯洁、吉祥、自尊、单恋。

10. **君子兰花语**：富贵、高尚、美好、壮丽。

11. **芍药花语**：依依思念、含羞、羞涩、娇艳。

12. **桃花花语**：宏图大展、桃李满天下、春天、艳丽、长寿、爱情。

13. **梨花花语**：冰清玉洁、风雅、楚楚可人。

14. **迎春花花语**：青春、多情。

15. **玉兰花语**：美丽、高洁、芬芳、纯洁。

16. **海棠花花语**：繁荣、兴旺、高贵、吉祥、快乐。

17. **紫薇花语**：圣洁、喜悦、长寿。

18. **紫罗兰花语**：请相信我、爱的牵绊、永远之美、纯真的爱。

19. **石榴花花语**：热烈、光明、艳丽、英俊、吉祥、幸福、相思、成熟美、永生。

20. **凤仙花花语**：吉祥、美好。

21. **鸡冠花花语**：永生、爱美、痴情。

22. **玉簪花花语**：超绝尘俗、冰姿洁白。

23. **萱草花语**：隐藏的爱、忘忧、疗愁。

24. **栀子花花语**：喜悦、脱俗、洁净。

25. **茉莉花花语**：品格高雅、馨香远播。

26. **木槿花花语**：劝告、短暂之美。

27. **虞美人花语**：安慰、坚贞的爱情。

28. **石竹花花语**：温馨、真诚的友谊、思慕。

29. **秋海棠花语**：亲切、诚恳、单恋、苦恋。

30. **凌霄花花语**：宏图大展、志向高远。

31. **含笑花花语**：美丽、庄重、含蓄、矜持、纯真、高洁。

32. **红蓼花语**：立志、思念。

33. **百合花花语**：吉祥、圣洁、纯洁、神圣、复活、百事合心、百年好合。

34. **秋葵花语**：高雅、光明、素雅、娇嫩。

35. **红掌花语**：热情、火热的心、热血、鸿运当头，是生命的象征、事业的象征。

36. **丁香花花语**：友情、青春时期的回忆、惹人怜爱、轻愁。

37. **鹤望兰花语**：吉祥、快乐、自由、归巢。

38. **腊梅花语**：依恋、慈爱、爱恋。

39. **大丽花花语**：大吉大利。

40. **黄莺花语**：成长，喜庆，丰收。

41．文竹花语：鸿鹄将至、永恒。

42．雏菊花语：天真、清白。

43．一品红花语：普天同庆、共祝新生。

44．银芽柳花语：春光明媚、希望光明。

45．龟背竹花语：健康长寿。

46．朱顶红花语：名誉。

47．马蹄莲花语：永结同心、吉祥如意、圣洁虔诚。

48．富贵竹花语：吉祥富贵。

49．满天星花语：清纯的思念。

50．常春藤花语：友情，忠诚的爱。

51．鸢尾花语：信息的使者。

52．大叶黄杨花语：长青。

53．勿忘我花语：不要把我忘记、永世不忘。

54．文心兰花语：团结、早生贵子。

55．吊兰花语：无奈，但还有希望。

56．向日葵花语：爱慕、光辉、高傲。

57．三色堇花语：请思念我、爱的告白。

58．木棉花花语：热情。

59．小苍兰花语：纯洁、天真、清香。

60．万年青花语：青春常驻、吉祥如意。

61．康乃馨花语：母爱，象征温馨的祝福，是母亲节的专用花。白色康乃馨象征纯洁、天真无邪；粉色康乃馨代表年轻、靓丽、母亲的爱；红色康乃馨代表热烈的爱、思念；黄色康乃馨代表长久的友谊、对母亲的感恩。

62．郁金香花语：美好、幸福、胜利、爱的宣告、美丽的眼睛、失恋。黑色郁金香代表独特领袖权力、荣誉的皇冠、永恒的祝福；黄色郁金香代表开朗、高雅、珍贵、财富、友谊；红色郁金香代表喜悦、热爱；白色郁金香代表纯情、纯洁。

三、玫瑰花语

粉红色的玫瑰：初恋；红色的玫瑰：热恋，代表爱情；橙红色的玫瑰：美丽；白色的玫瑰：纯洁、尊敬；黄色的玫瑰：道歉；深红色的玫瑰：羞怯；淡绿色的玫瑰：青春长驻。

玫瑰花朵数量的寓意如下：

1朵——你是我的唯一，对你情有独钟。

2朵——眼中世界只有我俩。

3朵——我爱你，甜蜜蜜。

4朵——誓言，承诺，山盟海誓，四季平安。

5朵——无怨无悔，无悔的爱。

6朵——愿你一切顺利。

7朵——喜相逢，无尽的祝福，马到成功。

8朵——弥补，深深歉意，兴旺发达，恭喜发财。

9朵——坚定的爱，天长地久。

10朵——完美，十全十美，拥有完美的爱情。

11朵——一心一意。

12朵——心心相印，每日思念对方，年年月月献爱心。

13朵——暗恋，你是我暗恋中的人。

17朵——好聚好散。

19朵——一生永久。

20朵——永远爱你，此情不渝。

21朵——最爱。

22朵——两情相悦，双双对对。

24朵——（两打）美满，思念。

30朵——请接受我的爱。

33朵——我爱你，三生三世。

44朵——至死不渝。

50朵——无怨无悔。

51朵——这是无悔的爱。

56朵——吾爱。

57朵——吾爱吾妻。

66朵——真爱不变，情场顺利。

77朵——相逢自是有缘。

88朵——用心弥补一切的错。

99朵——长相厮守，坚定。

100朵——白头偕老，百年好合。

101朵——你是我唯一的爱。

108朵——求婚，嫁给我吧。

111朵——无尽的爱。

144朵——爱你日日月月，生生世世。

365朵——天天想你，天天爱你。

999朵——天长地久，无尽的爱。

1001朵——直到永远。

附录二 中国十大名花

1. 花中君子：菊花。
2. 花中君子：梅花。
3. 花中仙子：荷花。
4. 花中之王：牡丹。
5. 天下第一香：兰花。

6. 九里飘香：桂花。
7. 花中西施：杜鹃。
8. 花中皇后：月季。
9. 花中珍品：山茶花。
10. 凌波仙子：水仙。

附录三　送花禁忌

　　世界各国的人民都有自己偏爱的花卉，但由于各国风土人情的差异，不同国家的人们对花语的理解是不同的，对花的颜色、花束的枝数也有讲究。因此，了解各个国家和地区送花的禁忌，避免犯忌失礼，是十分必要的。

　　1. 在中国的一些传统年节或喜庆日子里，到亲友家做客或拜访时，送的花篮或花束，色彩要鲜艳、热烈，以符合节日的喜庆气氛。可选用红色、黄色、粉色、橙色等暖色调的花，切忌送整束白色系列的花束。

　　2. 在广东、香港等地，由于方言的关系，送花时尽量避免用以下的花：剑兰（见难）、茉莉（没利）。

　　3. 按我国风俗习惯，好事成双。因此，除非送女友远行，在她襟前别上一朵鲜花以表示惜别之意，一般不宜送孤零零的一朵花。

　　4. 日本人忌"4"、"6"、"9"几个数字，因为它们的发音分别近似"死"、"无赖"和"劳苦"，都是不吉利的。给病人送花不能有带根的，因为"根"的发音近于"困"，使人联想为一睡不起。日本人忌讳荷花。在探望病人时，忌用山茶花、仙客来及淡黄色、白色的花。他们对菊花也存有戒心，因为它是皇室家族的标志，一般人不敢也不能接受这种礼物。

　　5. 俄罗斯人送女主人的花束一定要送单数，她会非常高兴。送给男子的花必须是高茎、颜色鲜艳的大花。俄罗斯人也忌讳"13"，认为13是凶险和死亡的象征，而"7"在他们看来却意味着幸运和成功。

　　6. 法国人非常喜爱鸢尾花，视其为国花。应邀到朋友家中共进晚餐，切忌带菊花，因为菊花代表哀悼，只有在葬礼上才会用到。法国人对蓝色偏爱，忌讳黄色。他们很忌讳"13"这个数字。意大利人和西班牙人同样不喜欢菊花，认为它是不祥之花，但德国人和荷兰人对菊花却十分偏爱。

　　7. 英国人一般不爱观赏或栽植红色或白色的花。英国人忌讳百合花，并把百合花看作是死亡的象征，也忌赠黄玫瑰，他们认为此花象征分离。他们对墨绿色很讨厌，认为墨绿色会给人带来懊丧。很忌讳"13"和"星期五"这些数字与日期。

　　8. 德国人最爱蓝色的矢车菊，并视之为国花。一般不能将白色玫瑰花送朋友的太太，因为它是赠送情人的礼品，也避免用郁金香。在送鲜花时，切不要用纸包装。他们不喜欢客人随便赠送玫瑰花，因玫瑰花在德国有浪漫的含义。

　　9. 瑞士的国花是火绒草。瑞士人认为红玫瑰带有浪漫色彩。因此，送花给瑞士朋友时不要随便用红玫瑰，以免误会（如送红玫瑰可以送1枝，也可送20枝，但不要送3枝，因为3枝意味着你们是情人）。

10．欧美一带在悲痛时，不以香花为赠物。

11．巴西人忌讳黄色和紫色的花，认为紫色是悲伤的色调，视黄色为凶丧的色调。千万不要送巴西人绛紫色的花。

12．如果到芬兰、瑞典等北欧国家，要是应邀到主人家里做客，一定要给女主人带几束单数的鲜花，最好是5枝或7枝。

13．墨西哥人忌讳以黄色和红色的花为礼相送，因为黄色意味着死亡，红花会给人带来晦气。

14．如果应邀到加拿大人家做客，可向女主人赠送一束鲜花，但不要送白色的百合花，在加拿大，白色的百合花只有在开追悼会时才用。也不要送菊花，送花时要送单数。

15．到西班牙人家做客，不要送大丽花和菊花，这些花和死亡有关。

16．花的数目不能是"4"。韩国人、日本人忌讳"4"，他们认为"4"是表示死亡的数字。日本人认为绿色是不吉利的象征，所以忌用绿色。日本人还特别忌讳赠送数量为"9"的花，因为送花的数量为"9"，就等于视他为强盗。花的数目也不能是"13"。西方人，尤其是欧美国家非常忌讳"13"这个数字。

17．一般情况下，只有男士送女士鲜花，而女士不要回送男士鲜花。

18．探望病人的花束或花篮不要香气过浓或色彩过于素淡，对病人恢复健康不利。

19．接受送花，应表示高兴，面带微笑，可以欣赏一下，并闻一闻花香，让送花人感受到你对花的喜爱。

附录四 部分国家与城市的国花与市花

附表1 部分国家的国花与名花

国名	花（木）名	确定方式	国名	花（木）名	确定方式
奥地利	火绒草	民族之花	乌拉圭	山楂，茉莉花	传统花木
爱尔兰	白花酢浆草	国花	阿根廷	木棉（赛波花）	国花
厄瓜多尔	白兰花	传统名花	波兰	三色堇	民族之花
法国	鸢尾、百合、矢车菊、虞美人（丽春花）、雏菊	国花	古巴	蝴蝶百合花	国花
尼加拉瓜	百合	国花	丹麦	山毛榉，冬青	国树，国花
坦桑尼亚	丁香	国花	德国	矢车菊	民族之花
尼泊尔	红杜鹃	国花	利比亚	石榴花	民族之花
朝鲜	朝鲜杜鹃（金达莱）、木槿	民族之花	西班牙	石榴花	国花
塞舌尔	凤尾兰	传统名花	秘鲁	石竹、向日葵	国花
马来西亚	扶桑	国花	土耳其	石竹、郁金香	国花
希腊	油橄榄	国花	挪威	欧石楠	民族之花
突尼斯	油橄榄，荷花	国树，国花	孟加拉	睡莲	国花
瑞士	高山火绒草	国花	泰国	睡莲	民族之花
巴拿马	鸽子兰花	国花	巴西	热带兰	传统名花
斯里兰卡	铁树，睡莲	国树，国花	哥伦比亚	热带兰	民族之花
印度	榕树，荷花	国树，国花	肯尼亚	兰花	国花
利比里亚	胡椒	国花	缅甸	柚木，兰花	国树，国花
澳大利亚	桉树，金合欢花	国树，国花	新加坡	卓锦·万代兰	国花
智利	百合花	国花	黎巴嫩	黎巴嫩雪松	国树
巴基斯坦	椰子树，茉莉花	国树，国花	瑞典	林奈花、铃兰	国花

国名	花（木）名	确定方式	国名	花（木）名	确定方式
芬兰	铃兰	民族之花	埃及	荷花	国花
保加利亚	玫瑰	国树	埃塞俄比亚	马蹄莲	国花
捷克	玫瑰、石竹	国花	意大利	雏菊	国花
卢森堡	栎树，红玫瑰	民族之花	列支敦士登	黄百合	国花
罗马尼亚	白玫瑰	国树，国花	摩纳哥	石竹	国花
叙利亚	玫瑰	国花	俄罗斯	向日葵	国花
美国	月季	民族之花	梵蒂冈	白百合	国花
伊拉克	椰枣，玫瑰	国花	南斯拉夫	铃兰	国花
英国	橡树，红玫瑰	传统花木	苏里南	法贾鲁比花	国花
伊朗	玫瑰	国树，国花	委内瑞拉	五月兰	国花
加拿大	糖枫	国花	洪都拉斯	香石竹	国花
多米尼加	桃花心木	国花	哥斯达黎加	卡特兰	国花
匈牙利	天竺葵	传统民花	斐济	扶桑	国花
圣马力诺	仙客来	国花	菲律宾	茉莉花	国花
墨西哥	大丽花、仙人掌	民族之花	柬埔寨	水仙	
玻利维亚	向日葵	国花	马达加斯加	旅人蕉	
葡萄牙	雁来红	传统名花	塞内加尔	猴面包树	
新西兰	银色蕨花	民族之花	塞拉利昂	油棕	
日本	樱花	国花	刚果	桃花木	
比利时	虞美人	国花	圭亚那	睡莲	
荷兰	郁金香	传统花卉	摩洛哥	石竹	
以色列	油橄榄	国花	危地马拉	白兰	
沙特阿拉伯	乌丹玫瑰	国花	萨尔瓦多	丝兰	
印度尼西亚	茉莉	国花			

附表2 我国部分城市市花

市花	城市	市花	城市
白兰花	东川	玫瑰	承德
白兰花	芜湖	玫瑰	奎屯
柽柳	格尔木	玫瑰	拉萨
刺桐	泉州	玫瑰	兰州
大丽花	张家口	玫瑰	沈阳
小丽花	包头	玫瑰	乌鲁木齐
小丽花	呼和浩特❶	玫瑰	银川
丁香	呼和浩特❶	梅花	丹江口
丁香	西宁	梅花	南京
杜鹃	长沙	梅花	泰州
杜鹃	大理	梅花	无锡❶
杜鹃	丹东	梅花	武汉
杜鹃	嘉兴	茉莉	福州
杜鹃	九江	茉莉	芜湖
杜鹃	三明	牡丹	菏泽
杜鹃	韶关	牡丹	洛阳
杜鹃	无锡❶	木芙蓉	成都
杜鹃	余姚	琼花	扬州
凤凰木	汕头	山茶	重庆
凤凰木	台南	山茶	衡阳
桂花	桂林	山茶	金华
桂花	杭州	山茶	景德镇
桂花	老河口	山茶	宁波
桂花	南阳	山茶	万州
桂花	苏州	山茶	温州
桂花	信阳	云南山茶	昆明
荷花	济南	石榴	合肥
荷花	许昌	石榴	黄石
荷花	肇庆	石榴	嘉兴
黄刺玫	阜新	石榴	荆门

续表

市花	城市	市花	城市
红棉	广州	石榴	十堰
鸡蛋花	肇庆	石榴	西安
金边瑞香	南昌	石榴	新乡
菊花	北京❶	石榴	连云港
菊花	开封	水仙	漳州
菊花	南通	洋紫荆	湛江
菊花	湘潭	叶子花	惠州
菊花	中山	叶子花	江门
兰花	绍兴	君子兰	长春
腊梅	镇江	叶子花	厦门
叶子花	珠海	月季	随州
迎春花	鹤壁	月季	商丘
玉兰	上海	月季	泰州
月季	安庆	月季	天津
月季	蚌埠	月季	威海
月季	北京❶	月季	新乡
月季	常州	月季	信阳
月季	大连	月季	邢台
月季	佛山	月季	宜昌
月季	阜阳	月季	鹰潭
月季	邯郸	月季	郑州
月季	衡阳	月季	驻马店
月季	淮阴	栀子花	常德
月季	焦作	栀子花	汉中
月季	锦州	栀子花	岳阳
月季	娄底	朱槿	南宁
月季	南昌	朱槿	安阳
月季	平顶山	朱槿	咸阳
月季	三门峡	朱槿	襄樊
月季	沙市	朱槿	徐州
叶子花	深圳	朱槿	自贡

❶该市有两个市花。

附录三　节日常用花

1. 元旦（1月1日）

可选用蛇鞭菊、玫瑰、满天星、香石竹、菊花及火鹤等，代表新年伊始，喜庆有余，万象更新，万事如意和好运常伴。

2. 情人节（2月14日）

主花赠送红玫瑰，表达情人之间的感情。其它花卉有百合、红郁金香、风铃草、紫丁香、红山茶、扶郎花、长春花和红掌等，代表纯洁的爱，爱意永恒。

3. 妇女节（3月8日）

可选送的花卉有康乃馨、兰花、满天星、百合及银莲花等，代表优雅高贵和慈祥温馨，充满青春活力。

4. 清明节（4月5日）

可选送的花卉有菊花、小苍兰、三色堇、松柏的枝条等，表示思念及哀悼。

5. 护士节（5月12日）

可选用康乃馨、满天星、马蹄莲、紫罗兰等，代表女性的爱、吉祥如意、永恒的美、欣喜，像天使般给病人以爱心、关怀和照顾。

6. 母亲节（5月第二个星期日）

主要赠送康乃馨，其层层的花瓣代表母亲给予子女绵绵不断的爱与关怀。其它花卉有勿忘我、茉莉和酢浆草等，代表伟大的母爱、高贵、温柔。

7. 儿童节（6月1日）

可选送的花卉有金鱼草、火鹤、满天星、非洲菊、飞燕草和玫瑰等，代表活泼、聪明、可爱、快乐和无忧无虑的童年。

8. 端午节（农历五月初五）

可选用菖蒲、兰草、龙船草、茉莉花、鹤望兰等，代表辟邪、镇灾、自由、幸福。

9. 父亲节（6月第三个星期日）

主要赠送石斛兰，其它的花有康乃馨、满天星、百合、黄色玫瑰、飞燕草及紫阳花，代表慈爱、亲情、永葆青春。

10. 中秋节（农历八月十五）

可选送百合花、雏菊、太阳花、康乃馨、唐菖蒲等，组合成花束或花篮，代表对亲人及长辈的尊重和祝愿。

11. 教师节（9月10日）

可赠送向日葵、康乃馨、木兰花、月桂树、悬铃木等，代表敬慕、光辉、高尚的灵魂和才华，以及功劳和荣誉。

12. 重阳节（农历九月初九）

可选用菊花、兰花，代表高洁、长寿、吉祥如意。

13. 圣诞节（12月25日）

主要赠送一品红，含有祝福的含义，其它花卉有白美女樱、海竽等，代表圣洁、共贺新生。

14. 春节（农历正月初一）

可选的花卉品种较多，只要开花繁茂、色彩鲜艳的均可，如百合、桃花、水仙、兰花、杜鹃、郁金香及风信子等。

15. 元宵节（农历正月十五）

可选送火鹤、炮仗花、孔雀草、蓬莱松等，代表喜庆、祥和、希望。

附录六　各月典型花卉

1月：水仙

2月：梅花

3月：桃花

4月：牡丹

5月：芍药

6月：玫瑰

7月：荷花

8月：凤仙

9月：桂花

10月：芙蓉

11月：菊花

12月：茶花

参考文献

［1］冯荭. 插花艺术. 北京：气象出版社，2009.

［2］中国花卉协会·中国插花花艺协会. 花艺时空. 北京：中国林业出版社，2004.

［3］冯凭. 现代花艺设计. 西安：陕西人民美术出版社，2003.

［4］青岛市插花花艺协会. 家庭插花作品集粹. 青岛：青岛出版社，2005.

［5］王立平. 基础插花艺术设计–插花艺术初级. 北京：中国林业出版社，2002.

［6］王立平. 基础插花艺术设计–插花艺术中级. 北京：中国林业出版社，2002.

［7］王立平. 基础插花艺术设计–插花艺术高级. 北京：中国林业出版社，2002.

［8］王立平. 新概念插花艺术设计. 北京：中国林业出版社，2002.

［9］阿瑛. 生活花艺. 北京：大众文艺出版社，2004.

［10］阿瑛. 插花艺术集锦. 北京：大众文艺出版社，2004.

［11］阿瑛. 时尚插花DIY. 北京：大众文艺出版社，2004.

［12］阿瑛. 花束包装设计. 北京：大众文艺出版社，2004.

［13］王绍仪. 宾馆酒店花艺设计：公共空间. 北京：中国林业出版社，2006.

［14］李方. 环境花艺设计. 杭州：浙江大学出版社，2003.

［15］中国花卉协会. 首届中国杯插花花艺大赛作品集. 北京：中国林业出版社，2005.

［16］王绍仪. 宾馆酒店花艺设计：生活、会议空间. 北京：中国林业出版社，2006.

［17］赖尔聪. 昆明世博会插花大赛获奖作品集（一）. 合肥：安徽科学技术出版社，2000.

［18］赖尔聪. 昆明世博会插花大赛获奖作品集（二）. 合肥：安徽科学技术出版社，2000.

［19］陈姿兰. 居家创意插花. 长春：吉林科学技术出版社，2008.

［20］中映良品. 时尚家居插花. 成都：成都时代出版社，2008.

［21］蔡仲娟. 艺术插花指南. 上海：上海辞书出版社，1997.

［22］深圳市人民政府城市管理办公室. 首届中国国际插花花艺博览会作品精选集. 北京：中国林业出版社，2001.

［23］李景侠，康永祥. 观赏植物学. 北京：中国林业出版社. 2005.

［24］田晓娜. 礼仪全书－花卉礼仪. 西宁：青海人民出版社. 2002.

［25］冷晓壮，龙志丹. 婚纱与花束. 北京：中国轻工业出版社. 2001.

［26］陈更新等. 花艺与包装. 广州：广东人民出版社. 1997.

［27］农业部农垦局，中国花卉协会产业化促进委员会. 实用礼仪花卉. 北京：中国农业大学出版社，1997.

［28］岭南花卉网站.

［29］http://hi.baidu.com/xtdld/.

［30］http://www.hua002.com/niansheng11.htm/.